怪盗 黒猫 1

和久田正明

時代小説

二見時代小説文庫

目次

第一章　信濃《しなの》の暴れん坊　7
第二章　妖怪長屋　65
第三章　黒猫の姐《ねえ》さん　121
第四章　三蔵村《さんぞうむら》の惨劇　162
第五章　ひと声一万両　210

怪盗黒猫 1

第一章　信濃《しなの》の暴れん坊

一

信濃国水内郡《しなののくにみのちぐん》、斑尾山《まだらおやま》の山中である。

秋深くして山塊《さんかい》はもはや朽葉色《くちばいろ》に染まり、遠く高い山々には気高《けだか》き白銀《しろがね》が見晴らせる。

一人の若侍が絡《から》みつく蔦《つた》や蔓《つる》をうるさそうに払いのけ、足場の悪い樹木の間を懸命に駆けて来た。

月代《さかやき》を剃《そ》り上げて本多髷《ほんだまげ》に結い、鳶色小紋《とびいろこもん》に黒の毛羽織《けばおり》、野袴《のばかま》に両刀を差した姿はれっきとしたいずこかの家中《かちゅう》の者で、その清々《すがすが》しさは清廉《せいれん》な士《さむらい》のように見える。

面差《おもざ》しも端正に整い、高貴な匂いさえ放っている。それでいながら眼光鋭く、若者らしく向こう見ずな黒豹《くろひょう》のようでもある。また若侍は旅支度ではなく、日常着の身装《みなり》ゆえ、まるで山の迷い人のようにも見えた。

その若侍を野臥《のぶせ》り が如《ごと》き浪人六人が、血に飢《う》えた形相《ぎょうそう》で追っていた。こちらは顔も衣服もうす汚れ、大刀を腰に帯び、手には斧《おの》や竹槍《たけやり》を持っている。悪相揃《ぞろ》いの彼らが全身より漲《みなぎ》らせているのは、凄《すさ》まじいほどの殺気だ。

雑草を荒々しく踏む足音に、野鳥の群れが引き裂かれるような声を発して飛び立った。

若侍を見失い、六人は焦《あせ》って周囲を見廻していたが、頭目らしき男が指図し、辺りに四散した。

「いたか」「そっちだ」「こっちだ」などと叫ぶ声があちこちで乱れ飛び、やがて一方で絶叫が挙がった。それも一人や二人ではなく、数人が同時に斬られた声だ。聞きつけた三人が集まって来て、カッと見入った。草むらに三人が朱《あけ》に染まって仆《たお》れていたのだ。すでに絶命している。

生き残った彼らの前に、血刀を手にした若侍が草を掻《か》き分けて飛び出して来た。刀を正眼《せいがん》に構え、無言で睥睨《へいげい》する。凜々《りり》しくも端正な顔立ちを、険《けわ》しいものに変えている。

「あっ、野郎」「ぶった斬れ」と男たちが怒号し、若侍に猛然と殺到した。斧が振り廻され、竹槍が突き出される。

一閃《いっせん》、二閃、三閃――。

若侍の白刃が剣風鋭く閃《ひらめ》いた。

刃を交わすことなく、男たちは一瞬で斬り伏せられた。

若侍が懐紙《かいし》で血刀を拭っていると、遠くから無数の追手の足音が聞こえてきた。六人よりもさらに大勢のようだ。

日が落ちて山中は暗黒となり、どこかで梟《ふくろう》が不気味な声で鳴いていた。

突っ走って来た若侍が、前方を見てハッと光明を見出した顔になった。

少し先に山小屋のような粗末な家があり、灯火が見えたのだ。

背後を振り返るも、追手の姿はない。

家に駆け寄り、若侍が拳《こぶし》で戸を叩いた。

「どなたじゃな」

嗄《しゃが》れた老婆の声がした。

「道に迷った者だ、休ませてくれ」

若侍が頼んだ。

戸が開き、白髪頭《しらがあたま》をひっつめにした老婆が警戒の目を覗かせた。ギロリと若侍の風《ふう》体《てい》を見定める。

「こんな年寄に悪さはせんな」

若侍は無言でうなずく。

老婆が戸を開けて若侍を導き入れた。

若侍が「すまん」と言って入ると、老婆は暫《しば》し闇のなかを見廻していたが、やがてピシャッと戸を閉め切った。


老婆にうながされるまま、若侍は囲炉裏《いろり》の前に座した。

炭火が赤々と燃えている。

家は樵夫小屋《きこりごや》のようだが、斧、鉞《まさかり》、背負子《しょいこ》などの山の道具以外はこれといったものは何もなく、それだけに広々として見える。

囲炉裏には大鍋《おおなべ》で何かがぐつぐつと煮えていて、いい匂いを漂わせていた。

「腹は空いておらんかの」

老婆に言われ、若侍は表情をやわらげる。

「そう言えば、食いっぱぐれていたな」

「では召し上がれ」

老婆が棚から椀《わん》と箸《はし》を持って来て、大鍋の蓋《ふた》を取った。煮えたぎった味噌《みそ》風味の南瓜《なんきん》、芋《いも》、葉物などから湯気が立ちのぼり、思わず若侍の腹が鳴った。

「山は冷えるからの、温かいものを腹に入れなされ」

「相すまん」

椀に鍋の中身が盛りつけられ、若侍は老婆からそれを受け取って早速食べかかった。

とたんに「うおっ」という声を漏らした。煮込みのなかに、黒髪の抜け毛に包まれた人の眼球が入っていたのだ。

「あっはっはっ」

老婆が奇矯《ききょう》な笑い声を上げ、さっと立ち上がった。

若侍は椀のなかのものを囲炉裏にぶちまけるや、刀を取って老婆を睨《にら》み据え、油断なく立った。

「その目ン玉はの、おまえが斬り殺した男のものじゃ。折角だから食えばよかろうが、このうつけめが」

老婆が白髪の鬘《かつら》をむしり取った。中年女の兇相が表れる。いつしか女は手槍を手にしていた。

「おまえも仲間か」

「若殿よ、くたばるがよいぞ」

言い放つや、「キエイッ」と吼《ほ》えて手槍を突き出し、女がしゃにむに襲って来た。

手槍が逸《そ》れて鍋に当たり、それが傾いて派手に灰神楽《はいかぐら》が上がる。

若侍は抜く手も見せずに抜刀し、迷うことなく偽老婆を袈裟《けさ》斬りにした。


峠道《とうげみち》で朝を迎えた。

道を急いでいた若侍が「若っ」と呼ぶ声に歩を止め、振り返った。

燦々《さんさん》と降り注ぐ日が逆光で眩《まぶ》しい。

馬に跨《また》がった老武士が、砂煙を上げて山道を駆け登って来た。

それは城代家老《じようだいがろう》で、下馬するや、若侍の前に駆け寄って平伏した。その顔がうち震え、暗に異変を告げている。

「すぐにお戻り下され、直次郎君《なおじろうぎみ》」

悪い予感に、直次郎と呼ばれた若侍の表情が引き締まった。

二

萩尾藩《はぎおはん》一万五千石は、信濃国水内郡周辺を領有する譜代《ふだい》小藩である。

慶長《けいちょう》の頃は一万石であったが、藩祖結城伊予守《ゆうきいよのかみ》吉之助《きちのすけ》が千曲川《ちくまがわ》治水《ちすい》と新田開発に努《つと》め、その功績が認められて寛永《かんえい》の頃に五千石加増された。萩尾藩としては大変喜ばしいことであった。将軍は三代家光《いえみつ》だ。今の当主は山城守《やましろのかみ》吉弥《きちや》といい、十五代目となる。

その山城守吉弥が、今年の春に病いを得て他界した。

吉弥には五人の子がおり、正室が生《な》した子は若狭守《わかさのかみ》直次郎と鶴姫《つるひめ》であった。正室はすでに身罷《みまか》ってこの世にない。側室は三人おり、男子は一人のみで、後はいずれも女子ばかりだ。

ゆえに世継《よつ》ぎは、必然的に直次郎となるはずだった。

ところがここに、当惑すべき出来事が起こったのである。直次郎が二十三歳の若さで、隠居すると言いだしたのだ。重臣らは驚き、面食らって「お考え直しを」と懸命に翻意《ほんい》を願ったが、直次郎の決意は固かった。

これには理由があり、おなじ領内に萩尾藩の分家として青山家《あおやまけ》という親類がいた。青山家は元は結城家の家老職にあったが、藩祖と共にお家安堵《あんど》のための働きをし、縁組をして親類となった。青山家は二千石を分知《ぶんち》され、領内に館を建てた。

青山家の当主として、彦馬《ひこま》二十歳がいた。

その彦馬と鶴姫が、恋仲だったのである。

文武共に優れ、気性のやさしい彦馬は直次郎とも盟友関係にあった。つまり直次郎は彦馬に本家藩主の座を譲り、鶴姫と添《そ》い遂《と》げさせようと考えたのだ。反論していた重臣らも、そういうことならと、承服した。彦馬の穏やかな気性は誰からも愛されていた。

元々堅苦《かたくる》しい武門が性に合わず、型破りが好きな直次郎であった。常日頃より自由奔放《ほんぽう》に生きていたのだ。

しかしこれには大きな障《さわ》りがあった。

唯一男子を生《な》した側室小陸《こりく》が、わが子又之助《またのすけ》を藩主の座に据えんと奸計《かんけい》をめぐらせた。

直次郎、鶴姫兄妹を、亡き者にしようと謀《はか》ったのである。

小陸は領内に流れ着いた浪人者の娘で、山城守吉弥に見初《みそ》められ、側室に迎えられた。氏素性《うじすじよう》が定かでなく、また芳《かんば》しくない噂もあって、重臣たちは反対したが、小陸に蠱惑《こわく》されて虜《とりこ》となった吉弥がそれを押し通した。十五年前のことだ。小陸の父親はその三年後に他界している。

そうして小陸はどこからか集めた刺客団《しかくだん》を雇い入れ、直次郎兄妹に次々に討手を差し向けた。

二人は幾度も危機に見舞われた。それを直心影流《じきしんかげりゆう》の直次郎はことごとく打ち破ってきたのだ。剣才に恵まれた直次郎に、怖いものはなかった。

斑尾山に彼らを誘い出し、老婆の偽者も含め、ことごとく仕留めたのは直次郎の勇猛であった。

城代家老の知らせに、直次郎は烈《はげ》しい衝撃を受けた。

妹鶴姫が暗殺されたのである。

萩尾城の奥座敷で、直次郎は茫然自失《ぼうぜんじしつ》となり、鶴姫の骸《むくろ》と対面した。

夜具のなかに鶴姫の変わり果てた姿があった。まだ十八で、汚《けが》れを知らぬ少女のような可憐さをそのまま残していた。

直次郎は虚脱して暫し座り込んだ。

城代家老と数人の側近、そして青山彦馬が沈痛な面持ちで周囲に座している。

彦馬は膝に置いた拳を、怒りでぶるぶると震わせながら、搾《しぼ》り出すような声で「直次郎殿」とだけ言った。

直次郎はみなまで言わせず、

「おまえたちで護《まも》ってくれていたのではないのか」

冷厳な声で家臣らに言った。

城代家老が膝行《しっこう》して進み出ると、

「姫がお庭を散策しておりまするると、一本の矢が飛来致し、一撃で仕留められたのでござる。騒いだ時にはすでに遅く、敵の姿は消えておりました。申し訳もござりませぬ」

無念と痛恨の思いで聞いていた直次郎が、やがて言い放った。

「彦馬と二人だけにしてくれ」

城代家老は家臣らと見交わし、一斉に退いた。

「彦馬、申し渡すことがある」

彦馬と二人だけになると、直次郎は決意を口にした。その目には名状し難い烈しい感情が浮かんでいた。

「はっ」

彦馬は襟《えり》を正す。

「おまえ、このまま結城家を継いでくれないか」

「あ、はい、しかし……お待ち下さい。鶴殿がこうなったる上は、もはやそれがし如きが前へ出るのは憚《はばか》られるのでは」

動揺を面上にみなぎらせ、彦馬が言った。

すると直次郎は急に口調を崩して、

「何をほざきやがる、ふざけるなよ。おめえが当家を継がずして誰が治世をするんでえ」

彦馬は慌てたように周囲を気にし、

「そのものの言い方はおやめ下さいませ。若くして城下に遊び、無頼《ぶらい》どもと交わったりするからいかんのです。鶴殿も嘆いておられました。殿は殿らしくしていて頂かないと」

直次郎は世継ぎである立場も顧《かえり》みず、城を飛び出しては城下で無頼の生活をしていた。やくざ者らとつき合いがあり、酒と喧嘩《けんか》が日常の暴れん坊だったのである。と言っても世を拗《す》ねたわけではないから、節度は守っており、決して自堕落《じだらく》ではなかった。

「構わねえ、おれぁもう藩主じゃねえと決めてるんだ」

「直次郎殿、無理です。わたくしのような青二才《あおにさい》にご領地が治められると思いますか」

「やらなきゃいけねえことになったんだ、やるしかねえだろ」

「いや、しかし」

「おめえならできる。だからこのおれが見込んだんじゃねえか。鶴亡き後をしっかりやってくれ。頼む、彦馬」

頭を下げた。

彦馬はたじろぎ、困惑の体《てい》で、

「急なことなので即答はお許し下さい。考えさせて頂きたい」

ガツッ。

いきなり彦馬が頬を殴られた。

「な、何をするのですか」

彦馬は顔を赤くして怒る。

「ほざくな、この野郎。そんな意気地なしだったのか、てめえって奴は。鶴が知ったら悲しむぜ」

「さ、されど……鶴殿はもうこの世には、この世には……」

そう言ったとたんに、彦馬は目にいっぱいの泪《なみだ》を溢《あふ》れさせた。肩を揺すって咽《むせ》び泣く。

直次郎は感情を抑え、彦馬を見ていたが、

「おれぁ重臣たちに因果《いんが》を含めて、たった今から行方をくらますぜ。おめえが藩主になることはもう根廻しが済んでっから、家中のみんなも承知している。だからもうけえっちゃこねえつもりよ。わかるか。そこんところ、よっく肝《きも》に銘じろよ」

直次郎の真剣な目とぶつかり、彦馬は身震いするようにして、

「直次郎殿、仇討《あだうち》をなされるおつもりなのですか。だったらそれがしにも助太刀させて下さい。存分に敵を仕留めたく」

「おめえとおれが返り討ちに遭《あ》ったら、お家はどうなるんでえ」

「あ、それは」

「唐変木《とうへんぼく》だな、この野郎は」

直次郎がまた拳を振り上げ、彦馬はすばやく逃げて、

「わ、わかりました、ここは仰せの通りに」

青い顔で答えた。

「本当にそうしてくれるんだな」

「は、はい」

直次郎は莞爾《かんじ》としてうなずき、

「おん敵小陸はどこにいる」

「城下の別宅にて、得体の知れぬ者どもと群れております」

「そうか。一人残らず退治《たいじ》して、鶴の無念を晴らしてやるぜ」

直次郎は刀を取って立ち上がった。だがすぐに彦馬に背を向け、泣きっ面《つら》をひた隠しにした。

最愛の妹を亡くした兄が、この世で一番悲しいのだ。

三

小陸は城下外れの広い敷地に、贅《ぜい》を凝《こ》らした美麗な館を建てて居住していた。

夜の静寂《しじま》を破って、甲高い女の笑い声が響きわたった。

奥の間で余人を排し、側室小陸が伜《せがれ》又之助に酒の相手をさせていた。

小陸は三十前後で、又之助は元服したばかりの十五歳だ。

「あははは、又之助よ、わらわは嬉しゅうて笑いが止まらぬぞ。鶴が死して残るは直次郎一人、それも長くはもつまい。これで念願叶《かな》い、おまえが萩尾藩当主と相なるのじゃ。どうした、なぜ喜ばぬ。なぜそのような陰気臭い顔をしている」

白い盃《さかずき》についた口紅を指先で拭き取りながら、小陸が言う。面長の整った目鼻立ちで、色白の艶冶《えんや》とした女だけに、妖しい魅力を放っている。

又之助の方は如何《いか》にも軟弱な若者で、意思の弱さや自信のなさがそのまま顔つきに表れている。

「果たして母上の思惑通りに参りますか、それが心配でなりませぬ。よしんばそうなっても、わたくしに政《まつりごと》が叶うかどうか、不安は尽きませぬ」

「ええい、よさぬか」

小陸は切歯《せっし》する思いで、

「よいか、又之助。大名家を手に入れるということがどれほどの福を呼ぶか、それを考えてみるがよい。未来永劫《みらいえいごう》われらは天上に立つのじゃぞ。栄耀栄華《えいようえいが》とはまさにこのことではないか」

「されど母上、わたくしには自信が」

おろおろと取り乱して又之助は言う。

「黙れ」

小陸はピシャッと扇子《せんす》でわが膝を打ち、

「世間などと言うものは、そうなったらなったでなんとかなるもの。おまえのように尽きせぬ不安を口にしていては福も逃げようぞ。もそっとしゃきっと致すのじゃ。わかったのか、わかったと申せ」

「は、はい」

その時、そこから遠い玄関の方から男の呻《うめ》き声が上がった。次いで足音が入り乱れ、争う物音がし、不穏な様子が伝わってきた。

小陸が鋭く反応し、さっと立ち上がった。

「参ったか、あの小倅めが」

又之助が怯《おび》えて浮足立つところへ、襖《ふすま》を蹴倒し、直次郎が押し入って来た。抜き身の血刀を手にしている。用心棒の何人かを血祭りに挙げてきたのだ。

直次郎と小陸が烈しく睨み合った。

「やい、女狐《めぎつね》、妹の怨《うら》み晴らしに来たぜ」

「うぬっ、おのれ」

「てめえが暗殺の首魁《しゅかい》だってことはわかってるんだ。お家に仇《あだ》なす奸賊《かんぞく》め、息の根を止めてやらあ」

直次郎が迫り、小陸がじりっと退いた。

又之助はおたつきながらも抜刀し、母親を庇《かば》い立って、

「直次郎君、母をお赦《ゆる》し下さい」

「すまねえが又之助、おめえも一蓮托生《いちれんたくしょう》なんだよ。悪の根は絶たなきゃならねえ。怨むんなら悪党のおっ母さんを怨みな」

「とおっ」

震え声で突き出される又之助の剣先を、勢いよく刀で弾き飛ばし、直次郎は大上段に振り被《かぶ》るや、真《ま》っ向唐竹割《こうからたけわ》りにした。脳天から斬り裂かれ、又之助は血しぶきを上げて仁王《におう》立《だ》ちとなる。

さらに直次郎の剣が、又之助の横胴を払った。

「ううっ、ああっ、母上っ」

叫んだ又之助がどーっと倒れ、躰《からだ》をひくつかせていたが、やがて絶命した。

小陸は「又之助っ」と大仰《おおぎょう》な声で泣き叫ぶも、子に取り縋《すが》ると思いきや、すばやく身をひるがえして隣室へ逃げ去った。

「待ちやがれ」

直次郎が追いかかると、小陸に召し抱えられた得体の知れぬ用心棒らが大挙して押し寄せ、一斉に直次郎を取り囲んだ。ズラッと白刃の林が並ぶ。

直次郎は憤怒《ふんぬ》の形相で見廻し、

「やいやい、このおれに刃を向ける奴は容赦《ようしゃ》しねえぞ。それを承知なら掛かって来るがいいぜ」

刀を正眼に構えた。

白刃の群れが容赦なく襲った。

獅子奮迅《ししふんじん》、直次郎が刀を閃かせ、入り乱れた烈しい闘いになった。

この時の直次郎は思慮も浅く、直情径行《ちょくじょうけいこう》の嫌いがあった。攻撃ばかりの突き一本で生きてきたのだ。まだ渡世の裏の裏など知る由《よし》もなく、奈落《ならく》の底に突き落とされたこともなかった。

彼が人生の深淵《しんえん》を覗くことになるのは、これより先の、大いなる流転《るてん》からなのである。

四

そこは萩尾藩の領地を出た所の、草深い小庵の庫裡《くり》である。

男は四十がらみか、躰が大きく、黒の着流しに黒羽織を着た黒ずくめで、袴をつけ、髷は総髪に結っている。大刀を脇に置き、脇差は腰に差している。猛禽類《もうきんるい》を思わせる面構えをしており、相手に畏怖《いふ》の念を抱かせるは必至《ひっし》と思われる。

その男が小陸と対座するなり、冷厳な目を据えて、

「雪蛾衆《せつがしゅう》、羅門鵺太夫《らもんぬえだゆう》」

名乗った。

小陸も腹を括《くく》った顔で鵺太夫を見返し、

「萩尾藩結城山城守吉弥が元側室、小陸と申す。ここは側室の頃にわらわが世話をしてやったことがあり、案ずるは無用じゃ。見猿聞か猿《みざるきかざる》を守ってくれようぞ」

鵺太夫はうなずき、

「案じてはおらん。それに風評ではあるも、そこ元のおおよその事情は承知しているわ」

「左様か、ならば話は早いな」

「どこまで行かれるか」

「江戸じゃ」

「それで道中警護を頼みたいと」

「貴殿はどれほどの手勢を抱えている」

鵺太夫が冷笑を浮かべ、

「言えぬな。幾十か幾百か、知ったところでどうなるものでもあるまい」

「貴殿が頭目なのじゃな」

鵺太夫は無言でうなずく。

「わらわを護ってくれるなら、金に糸目はつけぬ」

「百両で如何《いかが》かな」

「よかろう」

小陸が手荷物のなかから幾つかの切餅《きりもち》を取り出し、鵺太夫の方へ差しやった。

鵺太夫はそれを受け取って脇に置き、

「確《しか》と引き受けた」

「わらわは直ちに出立する。では頼む」

立ちかけた小陸が「あっ」と声を上げた。

鵺太夫がすばやく小陸の手を取り、強引に引き寄せたのだ。

「何をする」

臈《ろう》たけた女は、鵺太夫の腕のなかに抱き抱えられる。

「知れたこと。そこ元とひとつにならねば命は張れぬ」

「よせ、放せ、この慮外者《りよがいもの》」

鵺太夫はすばやく小陸の着物の前を割り、手を差し入れて、

「殿が亡くなり、閨《ねや》から遠ざかってさぞや寂しかろう。女盛りを持て余しているはずだ」

抗《あらが》うも鵺太夫の力は強く、見る間に帯を解かれ、着物が脱がされ、乳房を鷲《わし》づかみにされた。

「あっ、ああっ」

悶《もだ》え、足掻《あが》く小陸の唇が鵺太夫の口に塞《ふさ》がれた。だが予想外なことが起こり、鵺太夫が驚く。小陸が唇を吸い返し、鵺太夫の股間をまさぐってきたのだ。

情交後、二人はしどけない姿で横たわっていた。

白い障子《しょうじ》を赤く染め、落日を映している。

「ここにいては身の危険ゆえ、夜陰に乗じてわらわは先を行く。そなたは――」

「わかっている。直次郎とやらを仕留めればよいのだな」

「その前にやって貰いたいことがある」

鵜太夫が首を廻して小陸を見た。

「直次郎兄妹を仕留めるために雇った連中がいる。ことごとく直次郎に斬り伏せられはしたが、まだ残党がおる」

「何人ほどだ」

「知らぬ」

「そ奴らの口封じをしておきたいのだな」

「頼めるか」

「どういう連中なのだ」

「村雨党《むらさめとう》と名乗っていた。徒党を組みし食い詰め浪人の寄り合い所帯じゃ」

鵜太夫が皮肉な笑い声を上げて、

「近頃は似たような輩《やから》が多い。このわしもそうだが、食い詰め者同士が群れて人殺しを請負《うけお》う。時世だな、流行《はや》っているようだ」

「世も末なのであろう。貴殿らは所詮徒花《しょせんあだばな》なのじゃ。咲いても実を結ばぬ毒花であろう」

「おのれ、それを申すか」

鵺太夫が片手で小陸の首を絞めた。

小陸は抗わず、間近で見返して、

「死ぬる覚悟はいつでもついている。憐れなわが伜又之助は、もはやこの世のものではない。毒花に殺《あや》められても文句は言わぬ」

鵺太夫は呑まれて何も言えなくなり、小陸の首から手を放すや、深々と溜息をついた。

「そちには負ける」

「では忠誠を誓うか」

小陸が目をぎらつかせて言い放ち、探るように鵺太夫を見た。

「死ぬる覚悟ははったりであろう。察するにわしが気に入ったのではないのか。あの狂態ぶりは本物であったわ」

「左様、すこぶる気に入った。用心棒ではなく、本日只今《ただいま》より家来になるがよい。裏切りは許さぬぞ」

小陸の魔性の手が、再び鵺太夫の股間をまさぐってきた。

五

岡倉槐太郎《おかくらかいたろう》が十数人の浪人団を引き連れ、険しい山道をやって来た。

かつてれっきとした宮仕えをしていたが、ゆえあって浪々の身となり、城下や宿場をさすらううち、おなじような境遇《きょうぐう》の浪人たちと関係ができた。やがて頭目に祭り上げられて村雨党と称し、街道筋で刺客依頼を受けるようになった。今はそれを生業《なりわい》としていた。

岡倉は三十半ばで筋骨が逞《たくま》しく隆起し、しかも毛深い。伸び放題の月代の下の顔つきは兇悪そのものだ。

木陰から鵺太夫が現れ、ぬっとその前に立った。

岡倉は警戒の目になり、身構えて、

「何奴《なにやつ》」

「雪蛾衆、羅門鵺太夫」

「聞いたことがあるぞ、その名は。われら村雨党とおなじく、刺客請負いで飯を食っている輩であろう。商売敵《がたき》が何用かな」

「小陸殿がな、もうその方はいらぬと申しておる。それを伝えに来た」

「なに」

岡倉が殺気立った。

鵜太夫は浪人団へ向かい、

「お主らは用済みだ。つまりまた元の浪々暮らしに戻るということだ」

浪人団がざわつく。

「それが嫌ならわしの軍門に下らぬか。直次郎追撃にはいくらでも手勢がいる。わしの所へ来れば今よりもっとましな暮らしが手に入るぞ」

浪人団の動揺が伝わってきた。

岡倉が怒りを表し、刀の柄《つか》に手を掛けて前へ出ると、

「わしを怒らせる気か。そんなことが罷《まか》り通ると思うてか」

「人は所詮弱いもの、金ですぐ転ぶようになっている」

鵜太夫はぬけぬけと放言する。

「身を引け、おれはどうしても直次郎を眠らせたい。それには理由がある。彼奴《きやっ》に女房を殺されたのだ」

山小屋で老婆に化け、直次郎を襲った中年女は岡倉の女房だったのだ。

「お主に直次郎は仕留められまい」

「なんだと」

「相手は直心影流だ。なまじの腕では無理であろう」

「うぬっ」

岡倉が抜刀したのと、鵜太夫が抜き合わせたのが同時だった。共に正眼に構えて対《たい》峙《じ》する。

浪人団は息を詰めて見守っている。

遠く、山颪《やまおろし》の音が聞こえる。

「ええいっ、とおっ」

裂帛《れっぱく》の気合を発し、岡倉が斬り込んだ。

鵜太夫はそれを受け、応戦する。

一合、二合、三合……。

白刃と白刃が烈しくぶつかった。

たがいの足が入り乱れる。

岡倉が血走った目で突進した。

鵺太夫が剛剣を振るった。

「ぐわっ」

叫んだのは岡倉だ。

脳天から斬り裂かれ、洪水のような血を噴出させた。

浪人団がどよめきを起こした時には、鵺太夫は刀を懐紙で拭って鞘に納め、

「ついて来る者はしたがえ」

そう言い捨てて歩きだすと、浪人のほとんどが鵺太夫の後を追った。

六

雪が降ってきた。

山腹の険阻《けんそ》な道の途中に炭焼小屋があり、なかから明りが漏れて話し声が聞こえる。

直次郎と二人の男が囲炉裏を囲み、焼き芋に食らいついていた。

直次郎は武家姿ではなく、縞《しま》の合羽《かっぱ》に三度笠《さんどがさ》のいなせな旅人になっている。月代も剃《ぶ》ってないから五分に伸びてきた。

男二人は城下でつき合いのあったやくざ者たちで、直次郎より年は二つ三つ上だが、

兄貴らしい落ち着きなどさらさらなく、どちらも表六玉《ひょうろくだま》の面《つら》つきをしている。百姓の次男、三男に生まれ、博奕《ばくち》で身を持ち崩したのだからむべなるかな、なのだ。二人を飛《と》び竹《たけ》と門松《かどまつ》という。

「よう、直次郎、本当に国を売るつもりなのか。考え直せよ」

小肥《こぶと》りの飛び竹が言った。

「さっきから話してる通りだ。おれぁもう若殿でもなんでもねえ。今は妹の仇討しか考えてねえよ」

「そこをなんとかならねえかな、おめえがご城下からいなくなると思うと、寂しいったらねえや」

鶏殻《とりがら》のように痩せこけた門松が、なんとか引き止めようとして言う。

直次郎は舌打ちして、

「おめえらてえげえにしねえとポカリとやるぜ。おれぁこうと決めたら金輪際《こんりんざい》曲げねえ気性よ。そんなこたわかってんじゃねえか」

飛び竹と門松は見交わし、同時に溜息をつく。

「まっ、けどよ、おめえらにゃ世話ンなったな、礼の言葉もねえぜ」

直次郎が言うと、二人はしゅんとなって、

「おれぁ直次郎に賭場《とば》で借金をしてんだ。今は素寒貧《すかんぴん》だから取りっぱぐれンなるぜ。だからおれが一発当てるまでここにいろよ」

飛び竹が言うと、門松も得たりとなって、

「そうそう、お城を捨てたんならおれン所に来ねえか。食わしてやっからよ、きれいなねえちゃんだって呼んでやるぜ」

「おめえが言うねえちゃんてな、あの酌婦《しゃくふ》の化けべそのこったろ。あいつぁ頂けねえ。馬に踏んづけられたような面してんじゃねえかよ。御免蒙《ごめんこうむ》るぜ。借金なんてチャラにしてやらあ。取り立てるつもりはねえよ」

直次郎が憎まれ口を叩いた。

二人はがっくりと落ち込む。

そこへ急ぎ足で来る音がし、もう一人仲間が飛び込んで来た。おなじような表六玉の牛助《うしすけ》で、これはあばた面だ。

「ううっ、寒いったらねえ、大雪が降ってきやがった。明日はどこもかしこも真っ白だ」

三人を差し置き、囲炉裏に侍《はべ》った。

「どうだったい、牛。首尾を聞かせろよ」

直次郎の問いに、牛助が答える。

「見つかったぜ、元のご側室。下男の大男を引き連れて、国境《くにざかい》を越えたみてえだ」

「行く先は」

「さあ、そこまではわからねえ」

「いつの話だ、そいつぁ」

「今日の昼前だってえから、もう大分先に行っちまってんだろうな」

直次郎が身支度を始めた。

三人はあたふたとなって、

「直次郎、加勢がいるんならおれたち助っ人するぜ。喧嘩出入りはお手のもんだからよ」

牛助が武者震《むしゃぶる》いで言った。

「有難うよ、気持ちだけ貰っとくぜ。それじゃみんな、達者でな」

三度笠を被って戸口で見返り、あっさり三人に別れを告げた。三人が「直次郎」と呼ぶと、北風がヒューッと鳴って吹雪《ふぶき》が舞い込んできた。

七

身ひとつで逐電《ちくでん》したとはいえ、そこは女だからそうはゆかず、衣類や化粧道具、その他細々とした日用品などは小型の葛籠《つづら》に詰め込み、樽平《たるへい》という大男の小者《こもの》に担《かつ》がせている。

樽平は小陸が御殿に上がった時からの従者で、寡黙《かもく》で嘘のない実直な男だ。その樽平が唯一、家来としてこたびの逐電につきしたがって来ているのだ。

いざその段になって、小陸がお城から身を引くことになった事情を述べ、「好きに致すがよいぞ、樽平」と言った。

「奥方様のおらねえ御殿にいても意味がねえですよ。もしお嫌でなかったら、江戸でもどこでも連れてってって下せえまし。この通りでごぜえます」

そう言って頭を下げた。

四十になる今日まで、樽平は一度も妻子を持ったことがなく、また親兄弟もいない天涯孤独の身だった。

樽平なら心強くもあるから、小陸も安堵して快く供を許した。下男如きに逐電にあたっての詳《つまび》らかな経緯《いきさつ》は一切《いっさい》語らず、又之助の死を知らせることもなく、その代りに給金はこれまでの倍額にしてやった。それで折り合えたと、小陸は思っている。

善光寺道《ぜんこうじみち》から沓掛《くつかけ》へ向かう中仙道《なかせんどう》で、小陸と樽平は歩を止めて茶店に休んだ。二人して床几《しょうぎ》に掛け、甘酒を啜《すす》る。

旅人の往来はあるが、羅門鵜太夫ら雪蛾衆の姿はない。何事もなければ姿を見せないことになっているのだ。鵜太夫は直次郎に罠《わな》を仕掛けてやると言っていたから、どうやって騙《だま》して仕留めるか、小陸はその成果を楽しみにしていた。

また鵜太夫らが逃げるとは、小陸は考えもしていなかった。食い詰めの彼らにとって小陸は金蔓だからだ。禄《ろく》を離れた浪人というものがどんなに暗く貧しい日々を送るか、小陸には実態がよくわかっている。実入りがないと当然のことながら飯が食えず、飢えるしかない。その辛さは小陸が身を以《もっ》て体験していた。

わが父親が、そうだったからである。

「あ、奥方様、おみ足の所に……」

小陸の足許に蚯蚓《みみず》が這《は》っていた。雪の降るこんな冬に蚯蚓がいるとは意外だった。春を待ちきれなかったのか。あるいは何かの使いのようにも感じられた。

よくよく見ると、それは蚯蚓とは似て非なる得体の知れぬ黒い虫であった。くねくねと動いて土中に姿を消そうとしている。

「こん畜生め」

樽平が踏み潰そうとするのを、小陸は「よい」と言って止めた。そうしてじっと黒い虫に見入った。

（虫……）

小陸の胸につぶやきが落ちた。

不思議な感情が湧いて、なつかしいような気がした。

それは蚯蚓ではないのだが、蚯蚓について父親から教えられたことがあった。蚯蚓には目がなく、何も見えないのだ。ゆえに触覚だけで動いているのだ。

父親は晩年に目を患《わずら》い、やがて失明した。長年の労苦のせいかと思われた。

蚯蚓、父親――という二つの連鎖から、あの時の父親の手触りが小陸の身内によみがえってきた。十二になった時、旅先で小陸は父親に女にされたのである。母親はとうに他界しており、長いこと二人して流浪していた。

雨宿りをしていた祠《ほこら》のなかで、不意に父親が小陸の胸に手を入れてきた。乳はまだ完全に育ってはいなかったが、それでも父親は息を荒くし、次いで小陸の着物のなかへ手を差し入れ、秘所に触れてきた。

小陸に嫌悪感はなく、みずからも足を開いて、思わずうっとりとなったことを憶えている。

若い頃の父親は颯爽《さっそう》とした男前であった。幼い記憶のなかではいずこかの藩に仕えていたが、それが何かで禄を失い、娘と二人だけになった。失職のわけは父親の口からは遂《つい》に明かされず、今でも小陸には不明のままだ。

初め父親に抱かれた時、小陸は抗わなかった。そのまま受け入れたのだ。拒めば親子の関係が壊れるとも思ったが、それが理由ではなかった。純なところで、男というものを知りたかったのだ。性への怯えも、おぞましさもなかった。

小陸の気性は粘液質で、関心を抱いたものにはとことん追及したくなる癖《くせ》があり、破瓜《はか》されることもそうだったのである。

女にされてから、小陸は父親の目を盗んでほかの男とも交わった。それは旅先での行きずりの旅人であったり、駕籠舁《かごか》きの雲助《くもすけ》であったりした。何人か渡り歩き、父親が一番いいことがわかった。父親の顔を見るだけで濡れてくるのだ。そうなるともはや親子ではなく、只の雄《おす》と雌《めす》だった。

その頃は父親は目が不自由になっていて、小陸なしでは生きられなかった。

小陸は唄《うた》がうまかったので、武家の娘でありながら食うために門付《かどづ》けをやっていた。門付けとは人の家の前に立ち、三味線《しゃみせん》を弾いて唄や踊りの芸をやり、金や食物を貰う底辺に生きる者の稼業だ。

それが萩尾藩の殿様の目に止まったのである。

結城伊予守吉弥は憐れんでくれ、小陸親子をどん底から救い上げてくれた。家中の反対を押し切り、小陸を側室に迎えた。その恩はなにものにも代え難いが、性の手管《てくだ》は父親の方が上だった。

しかし何も知らぬ吉弥は、小陸の躰に溺《おぼ》れた。やがて又之助が生まれ、これで小陸の行く末は安泰と言われたが、本音のところでそれほどの喜びはなかった。

元々情が薄いのか、さほどわが子の面倒を見ることはなく、周りの女たちに任せっきりで子育てとは遠い所にいた。だから目の前で直次郎に又之助を斬られても、世間の親ほどの衝撃や悲しみはなかった。

城下に館を与えられ、そこに住むようになってからも小陸は父親との関係をつづけた。人目があるからその分ひそやかになり、以前にもまして肉体は喜びに震えた。

父親が死した時は茫然自失となり、真底悲しかった。もっともっと媾《まぐわ》いたかったのだ。

目の前に直次郎によく似た飛脚《ひきゃく》が走って来て、小陸は険しい目になるも違うとわかり、安堵を得て樽平に出立をうながした。

小止みになっていた雪が、またぶり返してきた。

八

三度笠に雪が積もり、縞の合羽に降っては散らされている。

善光寺道を勇躍した気分で、直次郎は先を急いでいた。聞き込みを重ねながら追跡をつづけるうち、小陸の足取り、目指す方向がわかってきたからだ。

小陸は大男の下男を引き連れ、江戸へ向かっていることが判明した。行く先々で、小陸は江戸への道程を人に聞いていたのだ。この辺りから江戸へは四十五、六里だ。

小陸に追いついたなら、その場で迷わず首を刎《は》ねるつもりでいた。

長久保《ながくぼ》を出て、笠取峠《かさとりとうげ》に差しかかった。今は吹雪で見えないが、晴れていれば浅間山《あさまやま》が眺望できるはずだ。

ここいらぐらいなら、直次郎は十代の頃に遠出をして遊山《ゆさん》に来ていた。城下で遊ぶのに飽き足らず、青山彦馬らと目的もなく来たものだった。

木々越しに垣間《かいまみ》見えるひしゃげたような家々の屋根には、重しの石が幾つも置いてあった。それらの人家も途切れ、峠の頂《いただき》近くへ辿《たど》り着いた。樹木の枝に雪が重くのしかかっている。

ようやく吹雪が小止みとなり、山のなかは底知れぬ静寂が支配していた。

どこかで鳥が鳴いた。

積雪を踏みしめ、直次郎は突き進んだ。

その時煮炊《にた》きのよい匂いを嗅いだような気がして、立ち止まった。それがどこからなのかはわからない。

こんな山奥に人家のあるはずはない。ピンときた。萩尾藩領内の山中で、追手をまいたところで山小屋があり、招じ入れられた偽老婆に襲われたあの一件だ。またしても罠なのか。今度はその手には乗るまいと戒《いまし》め、さらに道を進めた。

視界の隅にチラッと人影が見えた。

油断なく見やった直次郎が、微《かす》かに驚きの声を漏らした。

大銀杏《おおいちょう》の下に、全裸の若い娘が立っていたのだ。

黒髪を肩まで垂らし、豊かな乳房を露《あらわ》にしている。前を隠そうともせずに恥毛を晒《さら》しているのだ。顔は小鳩《こばと》のように愛くるしく、武器らしきものは持っておらず、よもや娘が刺客とは思えない。

「おい」

戸惑いの声を発し、直次郎が近づいた。

すると娘はクスッと笑って身をひるがえした。

直次郎が追う。雪に足を取られながら懸命に追った。

娘は軽やかに、まるで雪上を飛翔《ひしょう》するかのようにして疾走《しっそう》する。追いつかない。旅人ではあるまい。雪国で育った地元の娘に違いない。その娘が突然消えた。見失ったのではなく、消えたのだ。

（なぜだ）

面食らって直次郎は辺りを見廻した。そこで一方に目を凝らした。樹林の奥に湯宿と思《おぼ》しき大きな家があった。家の横から温泉の湯煙が湧き出ていて、なかに人のいる気配もしている。

ここへ直次郎を誘い込むために、裸の娘を使ったのか。そうに違いない。どんな連中が待ち伏せしているのか、それならそれで上等だと思った。

悪い種子《たね》は潰《つぶ》してゆくに限ると、直次郎は臆《おく》することなく家に近づき、戸口に立った。

「誰もいねえかい」

心で身構えながら声を掛けた。

油障子が開き、死に神のような爺《じい》さんが顔を出した。白髪頭を蓬髪《ほうはつ》にし、顔は皺《しわ》だらけだ。

「旅人か」

爺さんが言った。

直次郎は疑いの目で爺さんを見ながら、

「ここは人を泊めているのか」

「ああ、そうだ。泊めてやってもいいぞ」

「じゃ世話ンなるぜ」

爺さんが導き入れた。

板の間の囲炉裏では鍋で何かをぐつぐつと煮込んでいた。山中で漂っていたいい匂いはこれなのだ。

直次郎はあの時とまったくおなじだと思った。老婆が爺さんに変わっただけで、なぜ懲《こ》りずにおなじ手を使うのか。

(笑わせやがる、噴飯《ふんぱん》ものだぜ)

そう思いながらも、あえて敵の術策に乗ることにした。

「いい匂いだな」

「腹が減ってるのか」

「ああ」

爺さんがお玉で椀に鍋のなかのものを盛りつけ、直次郎に差し出した。箸も添えてくれる。

「これを腹に入れて温ったまりなせえ」

直次郎は椀を手にし、さり気なくなかを覗く。箸で掻き廻すも、まさかの眼球はない。芋や青物ばかりだが、害のあるものはなさそうだ。

少し口をつけ、汁を啜る。味噌味がうまく出ている。食欲をそそられ、つい食べた。

変化は起きない。

爺さんは目を細めて見守りながら、

「どこまで行くんだ」

「江戸を目指している」

「そりゃ大変だ」

(何が大変なんだ、惚《とぼ》けやがって)

直次郎が胸のなかで罵《ののし》る。

「もう日の暮れが近え。夜具を用意させっから休むがいい」

「ああ、すまん。ほかに誰かいるのかい」

「いるよ、孫娘がな」

そう言って爺さんは手を叩き、

「おい、お里《さと》、こっちへお出で」

奥の障子が開き、お里と呼ばれた娘が入って来た。その顔を見て直次郎は驚いた。最前の全裸の娘だったのだ。今は粗末な着物を身につけている。

直次郎は少なからず混乱し、お里の秘密を知っているような気になり、曖昧《あいまい》な会釈《えしゃく》をした。

ところがお里の方は何も憶えていないかのようなつるんとした表情で、ぺこっと頭を下げ、

「お出でなさいまし」

と言った。

少女のような可愛い声だ。

直次郎は最前のことをお里に問い糺《ただ》したかったが、爺さんの手前、何も言わずにい

た。

「この人はお泊まりンなる。夜具を用意してくれ」

爺さんに言われ、お里は無言でうなずいて隣室へ消えた。

「父っつぁん、ほかに泊まり客はいるのか」

直次郎の問いに、爺さんは答える。

「いるよ、晩飯ン時に顔を合わすだろう」

それまでひと眠りしておこうと、直次郎は腹を括《くく》った。

九

女の足ゆえに道中はさほど速く進むわけではないが、それでも途中馬に乗ったりして、暗くなる頃には初鳥谷《はっとや》へ着到した。

中仙道を避けたのは、その先に横川《よこかわ》の関所があったからだ。どこからか鵜太夫らが護っているはずだし、切迫するほどの危機感は持っていないが、これでも追手のかかった身なのである。

小陸が怖いのは直次郎だけで、家中の者たちならなんとかなると高《たか》を括っていた。

信州佐久郡《しんしゅうさくぐん》を出て、上州甘楽郡《じょうしゅうかんらぐん》に入ったところで、まずはホッとした。

しかし初鳥谷は貧相な宿場で、旅籠《はたご》はわずか数軒で、民家も数えるほどしかない。

そのなかでも一番大きな、大百姓の家を改造した『羽村屋《はむらや》』という所に、小陸と樽平は投宿した。家族で営んでいるようだ。

広く上等な部屋に陣取り、小陸が独りで晩酌をしていると、付近の様子を探りに行っていた樽平が落ち着かぬ風で戻って来た。

「何かあったのか、樽平」

「へい、どうやらお家の方々も奥方様の探索に足を伸ばしているようでして。村役人にそれとなく聞きますと、軽井沢《かるいさわ》ぐれえまでは来ているみてえなんで。提灯《ちょうちん》の家紋が朧月《おぼろづき》だったと言ってましたから、間違いねえものと」

「そのなかに直次郎君はおるのか」

「さあ、そこまでは。奥方様はお咎《とが》めになされるんでしょうか」

何も話してないから、樽平がおたつくのもわかるが、今さらここで打ち明ける気にはなれない。

「おまえは何も心配致すな。部屋に戻って夕餉《ゆうげ》を食べるがよいぞ」

「へっ、そうさせて貰いやす」

空腹らしく、樽平はあたふたと去った。

手酌で飲みながら、小陸は思案に耽《ふけ》る。

江戸に行けばなんとかなると思っていた。

その昔に萩尾藩に出入りしていた絹商人がいて、小陸とは一時期交流があり、もし江戸へ来ることがあったら是非とも立ち寄って貰いたいと言われていた。その言葉を鵜《う》呑《の》みにするわけではないが、江戸へ着到したならとりあえずはそこを足場とし、先々のことを考えようと思っている。江戸で一旗揚げるというほどではないにしろ、何かを始めてみるのも一興と考えているのだ。

江戸は生まれて初めてだし、まさに小陸にとっては新天地であった。

ややあって、樽平が戻って来た。宿の女房が一緒で、それが小陸に申し訳のない顔で叩頭《こうとう》し、切り出した。

「あのう、申し上げ難いんですが、お部屋を代って貰いたいんでございますよ」

女房の言葉に、小陸が奇異な目を向ける。

「ここより狭くなりますが、離れがございまして」

「どういうことじゃな」

「今着いたお客様が、どうしてもこのお部屋にお泊まりになりたいと申されまして、あたしどもも困ってしまいました」

「どのようなご身分の御方かな」

よほどの身分の者でなければ、そんな無理難題を言うはずはない。

「江戸の御方で、善光寺へお参りしてのお戻りだそうでして、供揃えも大勢なんです。ご身分はお旗本の奥方様か何かではないかと」

「今さら部屋替えなど面倒ではないか。一夜限りの我慢を致すのじゃな。お断り致せ」

「あ、いえ、そう申されますとこっちも」

女房は困り果てている。

「奥方様、お旗本でも大変なご身分の御方のようでございますよ。ここで悶着《もんちゃく》を起こすわけには」

見かねたように樽平が言い添えた。

「わらわが嫌だと申せばそれまでじゃ。こういうことは無理強《むりじ》いしてはならぬ。そのように伝えるがよい」

小陸が木で鼻を括る。

女房と樽平はなす術《すべ》のない顔を見交わし、引き下がった。

自分は間違ったことは言っておらぬと確信し、小陸は酒を飲みつづけた。

すると廊下を衣擦《きぬず》れの音がし、「ご無礼を致す」と言って女が入って来た。

小陸は居住まいを正し、無言で女を見迎えた。

豪華な衣装を身に纏《まと》い、厚化粧を施した年増《としま》で、小陸と同年齢かと思われた。

「わたくしは大御番頭《おおごばんがしら》榊原主計頭《さかきばらかずえのかみ》殿にお仕え致す、吟《ぎん》と申す。失礼ながらそこ元のご身分をお聞かせ下されよ」

言葉は丁寧だが、高飛車《たかびしゃ》なものを感じた。

小陸はお吟が側室であるということを見抜いていた。その物腰や口調には、小陸と相通じるものがあった。

ならばここは権高《けんだか》に出てやろうと思い、

「信濃国水内郡萩尾藩、結城山城守吉弥が側室小陸と申す」

有体《ありてい》に言った上で、

「この部屋はわらわが先乗り致せしもの。かような時刻になって部屋替えなど、理不《りふ》尽《じん》でござらぬか」

突っぱねた。

お吟は判断しかねる顔で押し黙っている。

「如何に」

小陸が強く言って返答をうながした。

「左様か、ご無礼を致した」

小陸の態度に気押《けお》されたのか、お吟がそそくさと立ちかけた。

「待ちゃれ」

お吟が立ったままで振り返る。

「と申しはしたが、気が変わった」

「なんと仰せに」

「かような草深き里で、女二人が角《つの》突き合わすのも愚かしい。よろしければ酒宴と参らぬか」

お吟の顔にパッと笑みが広がった。その笑顔さえもが自分に似ているような気がした。

十

夜となり、笠取峠の山奥の湯宿では、囲炉裏の火を囲んで、直次郎と三人の旅の浪人が飯を食べていた。宿の爺さんが給仕役を務めている。

ぐっすり寝込んでいると、爺さんに飯だと言われて起こされた。板の間へ出て行けば浪人たちが先に車座になっていて、もう酒を飲んでいた。部屋は幾つかあるようだが、彼らがどこかなどはわからない。

爺さんがそれぞれを簡単に引き合わせる。

直次郎は旅烏《たびがらす》だと言い、浪人たちも名乗ったが、彼らの名など右から左に通り過ぎた。浪人たちは所詮は無縁の衆生《しゅじょう》と思っているから、直次郎にとって関心は薄かった。

内心の警戒を見透かされないようにさり気なく振る舞い、直次郎は座のなかに溶け込んだ。爺さんに酒を勧められたが、下戸《げこ》だと言って断った。襲撃があった時の備えである。酩酊《めいてい》していたら勘も狂い、命取りにもなりかねない。

飲むほどに酔うほどに、浪人たちはお国自慢を始め、なかには一人手拍子《てびょうし》で唄う者もいた。こんな山奥で、侘《わび》しい光景である。

料理は山女《やまめ》の塩焼きに蕨《わらび》や薇《ぜんまい》の煮つけで、味は悪くなく、直次郎はよく食べた。食べながらも、お里がいつ顔を出すかと思っていたが遂にそれはなかった。爺さんに聞くわけにもいかない。

どこかによい仕官の口はないものかと、浪人たちの話題はそれに尽きるようで、直次郎などそっちのけで語り始めた。

やがて萩尾藩の名が出て、直次郎は耳を傾けた。

「萩尾藩はのう、あそこはいつも千曲川の大水で悩まされるんじゃ。それに去年城下で火災もあった。仕官を募るなど無理な話であろう。まっ、それもこれも今は収まって、平安だと聞いているが」

言っていることは外れではないから、浪人は萩尾藩の事情に詳しいようだ。

「藩主が変わるそうではないか。若殿は青山彦馬だと聞いたぞ」

「これは評判のいい男だ。つつがなくやれば財政も立て直せるやも知れん」

「若狭守直次郎はどうしたのだ」

ギクッとなって、直次郎の目が泳ぐ。

「いろいろあったらしく、出奔《しゅっぽん》したそうな」

「藩主の出奔など、あろう道理か」

「藩政がおのれの手に及ばぬと見切りをつけたのではないか。不甲斐《ふがい》ない奴よ」

浪人たちが嘲笑《ちょうしょう》した。

これが世間の声かと、直次郎は腐った。

（ほざいてろよ、こん畜生め）

それを汐《しお》に直次郎は席を立ち、与えられた部屋へ戻った。あの浪人たちが正邪どちらなのか、わからなくなってきた。罠に嵌《は》めるつもりなら、萩尾藩の事情などどうでもいいことだ。それとも束《つか》の間《ま》でも、信用させようと思っての作為なのか。直次郎の正体を知っていて弄《もてあそ》んでいるのか。

しんとして、遠くで獣の鳴く声がした。

夜具にくるまってじっとしていると、音も立てずに人の入って来る気配がした。

直次郎はみじんも動かず、敵の出方を待つことにする。

するりと夜具に人が入って来た。その躰のやわらかさから、それが女だとわかる。

身を反転させ、直次郎が女を捉えた。お里であった。着物の前をはだけ、裸身を晒している。

「どういうつもりだ」

「抱いて」

蚊《か》の鳴くような声でお里は言う。その躰が生娘《きむすめ》らしく小さく震えているのがわかった。

「誰の指図だ」

お里は答えない。

「まだ男を知らないおまえがなぜこんなことをする。答えろ」

「あたしを抱いて」

縋りついてくるお里を、直次郎は突っぱねる。

「初めから聞かせてくれ。おまえはおれを誘い込むためにつかわされた。そうであろう」

「……………」

「山のなかでおれに裸を見せ、この宿へ来るように仕向けた。それはちと甘いぞ。おまえの裸如きでおれの目が眩《くら》ませると思うか」

「……………」

「どう見てもおまえは刺客とは思えん。金を貰ってこんなことをしているのか。もう一度聞く、誰の差し金なんだ」

お里がさめざめと泣きだした。

それが嘘泣きかどうか、直次郎は見入る。

「あたしは里の百姓の娘よ。お父っつぁんが病いで寝ついていて、金に困っていたの。そうしたら……」

「どうした」

「おまえさんに色仕掛けをしてくれたら、大枚をくれるって」

「誰に言われた」

「この宿の爺さん。あの人はここにはいない人で、よそから来たみたい。この宿はふだんは空家なの」

「そうか、それでわかったぞ」

「あたしはどうしたら」

「このまま里へ帰れ。二度とここへ来るな」

「でもおまえさんはどうなっちまうの」

「おれのしんぺえはいらねえよ。さあ、山を下りな」

直次郎に急《せ》かされ、お里は夜具から出て廊下へ出た。だがすぐに青い顔で戻って来た。

「さっきのご浪人さん方が廊下にいるわ」

直次郎がうなずき、

「いいからおまえは行け」

「うん」

お里が方向を変え、庭に面した障子を開けるや、そ[illegible]

直次郎は長脇差《ながどす》を腰にぶち込み、鯉口《こいぐち》を切って部屋の真[illegible]忍び出て行った。

荒々しい足音が近づき、障子をパッと開け放ち、浪人三人の刺客[illegible]身構えた。

「驚きはしねえぞ、おめえたちの正体ははなっから疑ってたんだ。こんな手の[illegible]ことしやがって、ご苦労さんだな」

浪人たちは何も言わず、怒鳴るような気合だけを発して一斉に刀を突き出し、並び立って凄まじい勢いで前進して来た。

直次郎が刀の切っ先で牽制《けんせい》しながら、ダダッと後ずさり、隣室へ逃げた。そこは空き部屋で、暗い闇が広がっている。

「くたばれ」

浪人の一人が吼えて突進して来た。

その刀を叩き下ろし、直次郎が突きを入れた。剣先が浪人の胸を刺し貫く。

「うぐっ」

浪人が呻いて崩れ落ちた。

残る二人は攻撃をやめず、さらに直次郎へ向かって来た。

白刃と白刃が烈しく闘わされた。

その時である。直次郎の視界に逃げたはずのお里の姿が映った。お里は直次郎が部屋の真ん中に立ったのを見届けるや、床の間に飛びついて房紐《ふさひも》を引いたのである。

足許が二つに割れ、真っ暗な穴蔵に直次郎は落下した。深く大きな穴の底に、直次郎は躰のあちこちを打ちつけながら落ちた。そこは備蓄倉のようだ。

(くそっ、してやられたな)

直次郎が切歯して見上げると、上からお里と浪人二人が覗いた。

「よし、上首尾だな。ひとっ走りしてお頭《かしら》を呼んで参れ」

浪人の一人が言うと、もう一人が「心得たぞ」と声を弾ませて消えた。

残った浪人が、直次郎に向かってほざく。

「お主は罠に弱いようだ。わかっていながらなぜひっかかった」

浪人の言い草に、直次郎は答えない。

お里が冷笑を浴びせて、

「あんたやっぱりお育ちのいいお坊ちゃんなんだね。田舎娘の裸にくらっとなりやがってさ、たわけもいいとこじゃないか」

「そうかも知れねえ、おめえにゃすっかり騙されたぜ。いや、えが悪《わる》とは思いたくなかったんだ」

「何言ってるんだい、あたしはどう見たって悪さ」

小娘が強がりを言う。

「そうは見えねえぜ。おめえ年は幾つだ」

「なんだって」

「年を聞いている」

「十八さ」

「気の毒になあ」

お里がキッと直次郎を見た。

「まだまだやり直せるぞ。こんな悪党の仲間にへえっちまったら、長生きはできねえと言ってるんだ。考え直せよ」

「ハン、その手に乗るもんか。あたしの心を揺さぶろうったってそうはいかないよ」

「そうかいそうかい、なら勝手にしろ」

お里と浪人が見交わし、天蓋《てんがい》を閉じた。

直次郎は必至でそこいらを手探りし、周りは板壁に固められ、抜け出す糸口はないとわかるや、絶望の淵《ふち》に突き落とされた。

暗黒のなかで考え込む。

（どうすりゃいい、八方塞がりじゃねえか。こんな所でくたばりたくねえぜ）

どこからも希望の光は差し込まなかった。

十一

初鳥谷の羽村屋は、夜更けなのに一部屋だけ煌々《こうこう》と明りが灯り、女二人の笑い声が聞こえていた。

小陸もお吟も酒に強く、盃を重ねて、

「これはまた奇遇でございまするな、共に側室同士とは思いもせなんだ」

予期したことではあっても、小陸は驚いてみせ、

「して、お吟殿のご主君はどのような御方でございまするか」

「主計頭殿はもうお年でございまして、わたくしとはまるで親子のような」

「まあ、それは。ではなかなか遊山などにはつき合うてくれませぬか」

「よく申しますでしょう、釣った魚に餌《えさ》はやらぬものと。ほとんど放っておかれておりますの」

お吟は多少の不満をチラつかせながら、

「されど殿のお役を思えば無理からぬことども」

主君の年は五十半ばで、お吟と親子ほどとは言い難い。

大御番頭は将軍の親衛隊なので、有事には幕軍の先鋒となって主軸をなさねばならず、選りすぐりの精鋭揃いということになっている。拝領屋敷は江戸城の西北より二十里以内に構え、これまた有事の際、食糧補給の役割を担うものとされている。五千石級の大身《たいしん》旗本が大御番頭を務め、属僚《ぞくりょう》として六百人を支配する立場だ。

「では大変お忙しいのですわね、殿は」

「顔を合わさぬ日とて何日もございます」

「お寂しいではございませぬか」

「ですから殿のお勧めで、こたび善光寺へ参りましたの」

「善光寺はどうでしたか」

「はっきり申して、つまりませんでした」

「ンまあ、そんなことを申されてはなりませぬわ」

「だって右を見ても左を見ても、坊主ばかりなのでございますよ。お役者のような若い殿御《とのご》に会いとうございました」

「正直なのですわね、お吟殿は」

「あら、いけないことを言いましたかしら」

二人は顔を見合わせ、大笑いして、

「初めてお会いしたのにこんなに打ち解けるなんて、わたしたちよっぽど気が合うようですわね」

小陸が言えば、お吟もはしゃぐように、

「わたくしもそう思うておりましたのよ。このままお別れするのが辛いような気も致します」

「わらわも江戸までの道中が、心楽しいような気持ちでございますよ。仲良くしましょうね」

そう言いながら、小陸は腹では違うことを考えていた。

(この女をどうするか、殺してしまおうかしら。それとも成り変わるということも……何かよい手はないものかしら)

第二章　妖怪長屋

一

積雪をギシギシと踏みしめ、男三人が笠取峠を登って来た。飛び竹、門松、牛助だ。

三人とも竹槍を杖《つえ》代りにし、腰には長脇差《ながどす》をぶち込んだ喧嘩支度《じたく》になっている。

深更だが、月光と雪明りで山中は明るい。

門松が息を切らせながらボヤく。

「無駄足だったらどうするんだよ。うさん臭え浪人者なんてそこら中にいるじゃねえか、直次郎を狙ってる奴らとは限らねえぜ」

だが飛び竹は前方を見据え、確信の目で、

「いいや、間違いねえ。こいつぁおいらの勘なんだ。直次郎が言っていた変梃《へんてこ》な浪人ども決まってらあ」

「おめえの勘なんて外れっ放しじゃねえか。だから博奕《ばくち》でいつもすってんてんにされるんだろうが」

牛助がからかうように言っても、飛び竹は同調せず、

「いいか、どっちにしろ、直次郎が囚《とら》われていたら助けなくちゃならねえ。おめえら、これまであいつにどれだけ世話ンなってると思ってるんだ。年はおれっちより下だけど、金と酒、それに喧嘩に関しちゃ足向けて寝れねえんだぞ」

門松と牛助は溜息で見交わし、ぐうの音《ね》も出ない。

「けど、どこに行ったのか見当もつかねえんだぜ。ひと晩中山ンなかほっつき歩くってか」

門松が言うと、飛び竹はかぶりを振って、

「もう少し上に行くと空家ンなった湯宿がある。今は潰れて誰もいねえはずだが、直次郎を閉じ籠めるとしたらあそこしかあるめえ」

「そこによ、直次郎の死げえがあったらどうしよっか」

縁起《えんぎ》でもないことを言われ、飛び竹は飛び上がって牛助の頭をポカリとやり、

「直次郎は不死身だ、あいつがおっ死《ち》んでなるもんか」

その時、背後の笹藪《ささやぶ》がガサガサッと音を立て、三人が恐怖の顔になって振り返った。

小動物のように身を屈めて隠れていたお里と、視線がぶつかる。

「やっ、何もんだ、おめえ」

飛び竹が誰何《すいか》すると、お里は猿《ましら》の如くに雪を蹴って逃げだした。

門松と牛助が交互に叫ぶ。

「誰だよ、あの娘っ子は」

「狐《きつね》が化けたんじゃねえのか」

飛び竹が命《めい》を下した。

「捕まえろ、なんか知ってるかも知れねえ」

三人がお里を追った。

途中で雪の穴ぼこに三人は落下した。牛助が「うおおっ」と大仰な悲鳴を上げる。

お里が逃げまくって振り返ると、門松と牛助の姿がないから、ハッとなって飛び竹を探した。いない。さらに逃げようとすると、先廻りした飛び竹が目の前に立ち塞がった。

「やい、おめえ、なんだって逃げるんだ。怪しいじゃねえか」

全身を雪だらけにして、飛び竹が言った。肥っているからまるで雪達磨《ゆきだるま》だ。

お里は何も言わずに後ずさる。

そこへ門松と牛助が追いついて来て、お里は退路を塞がれた。

「なんなの、あんたたちは。あたしにひどいことしようってんなら大声出すわよ」

三人はゲラゲラ笑って、

「大声出したってこんな山ンなかじゃ誰の耳にも届くめえ」

牛助が言った。

お里は歯嚙《はが》みし、また逃げかかった。

飛び竹が飛びかかって捕まえ、

「この奥に湯宿がある、知ってっか。おれたちゃそこを探ってみようと思ってるんだ」

お里が黙んまりを通すので、門松がしびれを切らせてその胸ぐらを取った。

「おい、どうして黙ってんだ、なんぞ知ってんだろうが」

お里はうなずき、三人を見廻して、

「ついて来て」

山猫のような目で言った。

二

湯宿は静まり返っていた。

お里は三人を連れて来て、皆で積雪の陰に隠れて湯宿の様子を窺《うかが》いながら、

「あの宿に地下倉があって、昔は米や麦なんぞをしまってたんだ。あんたたちが探している直次郎って旅人さんは、そこに閉じ籠められてるよ。だけどそれについちゃ……」

お里は後悔の顔になって、

「悪いけどあたしもひと役買ったのさ。お父っつぁんが寝たきりンなっちまって、薬代が入り用だったんだ」

「おめえに手を貸すように頼んだなどんな奴だ。名めえは」

飛び竹が問うた。

「名前なんて知るもんか、浪人者だった。奴らは大勢いるの。そのなかの一人に言われたのさ、あたしが旅人さんに裸を見せたら手当てを倍くれるって」

飛び竹はごくっと生唾《なまつば》を呑み、お里の肢体を上から下まで見やって、

「そ、それで見せたのか」

お里がうなずく。

「直次郎の奴、まんまとその手に乗っかったんだな」

お里は返答に困っている。

「ここでおれたちにも見せてくれよ」

門松が言うと、飛び竹がその頭をぶっ叩いて、

「つまらねえこと言うもんじゃねえ。お嬢ちゃん、今あそこにゃ何人いる」

「ここへ来た浪人は三人で、一人は直次郎さんに斬られた。残った二人が死骸を担いで山奥へ埋めに行ったわ。今なかにいるのは得体の知れない爺《じい》さんだけ。あたしは爺さんの孫娘ってことになってるけど、嘘っ八もいいとこよ」

お里はキラキラとした目で三人を見ると、

「どうすんだい、助け出すとしたら今しかないよ。浪人たちが戻って来ちまったらお釈迦《しゃか》だからね」

門松と牛助が目を慌てさせ、意見を仰ぐように飛び竹を見た。

「よ、よし、すぐさま直次郎を助け出そうじゃねえか」

飛び竹はそう言ってお里を見ると、

「それにしてもおめえ、なんだって浪人どもを裏切る気になった。こちとらとしちゃ有難えがよ、もうひとつすっきりしねえぜ」

「言わなきゃいけない？」

「聞かしてくれねえと得心がゆかねえだろ。裏でもあるんじゃねえかと勘繰《かんぐ》りたくもなっちまわあ。もっともおれにひと目惚れしたってんならわかるけどよ」

言ったとたん、飛び竹は三人に首を絞められた。

「直次郎さんて人にこう言われた。悪党の仲間に入っちまうと長生きできない、まだやり直せるって。それを聞いてあたし、それもそうだと思った。そんなこと言ってくれる人いなかったから。でもあたし一人じゃ直次郎さんを助け出すことなんてできやしないんで、迷っていたとこなの」

三人と一緒のところを浪人たちに見られたらマズいから、あたしはこれで手を引く、里へ戻ると言い、別れを告げてお里は逃げるように下山して行った。

天蓋が開いて光が差し込み、うずくまっていた直次郎がハッと顔を上げた。梯子《はしご》が外してあるからどうにもならない。

飛び竹と門松が覗いて、

「よっ、直次郎、助けに来たぜ」

飛び竹の言葉に、直次郎は欣喜《きんき》する。

「有難え、どうしてここがわかった」

「説明は後だ。ちょっくら待ってろ、今、牛の野郎が縄を探しに行っている。おれっちがここへ来たな、お里って娘っ子が手引きしてくれたんだ」

門松が笑顔で言う。

「誰もいねえか、宿に」

「爺さんなら竹槍で脅してふん縛っといた。台所に転がしてあらあ」

飛び竹が言うのへ、直次郎は「さすがにやることがすばやいじゃねえかよ」と褒《ほ》めそやす。

牛助が太縄を担いで姿を現し、

「でえじねえか、直次郎」

「おう、この通りピンピンしてるぜ。早えとこ縄を垂らしてくれ」

縄が放り投げられ、直次郎がそれにつかまってするすると身軽に上がって行った。

四人は手を取り合って再会を喜ぶ。

「おめえたち、助けて貰った礼を言うぜ」

「それはいいけどよ、爺さんをとっちめて白状させようぜ」

門松が言うと、直次郎は手を横に振って、

「放っとけ、あんな年寄、どうせ金で雇われただけだろうからな。それよりお里って娘はどうした」

「里へけえってった、おめえに言われたことが身に沁《し》みたみてえだ。追いかけてみるか」

「いいや、お里がわかってくれたんならそれでいいのさ」

瞼《まぶた》にお里の裸身が浮かんだが、直次郎はすぐにそれを内心でブルブルッと打ち消した。

「直次郎、こんな目に遭ってもまだ仇討《あだうち》をやめねえのか。引き返して元に戻るわけにゃゆかねえか」

飛び竹が再三説得し、門松と牛助も「そうともよ」と口を揃えて言う。

「おれの気持ちは変わらねえな、いつかまた会おうぜ。おめえら、躰はでえじにしろよ」

いなせな旅烏《たびがらす》は痩せ我慢で言った。

三

中仙道を駆って、三度笠に縞《しま》の合羽《かっぱ》の直次郎は上州高崎宿《たかさきしゅく》へ入った。

ここは大きな宿場で、大勢の旅人で賑わっており、遠く榛名山《はるなさん》を背にして烏川《からすがわ》が流れている。高崎藩松平《まつだいら》家の城下でもあり、記録によれば、この頃は家数二千五百軒、人口は五千五百人余だ。

宿場の大通りを来た直次郎が、前方を見て表情を引き締めた。知った顔がいたからだ。

それは小陸の下僕の樽平であった。言葉を交わしたことはないが、すでに萩尾の城下で見知っていた。ということは小陸も近くにいるのか。辻《つじ》に隠れて樽平を見張る。

樽平は小陸のものらしき道中荷を担ぎ、番屋の前でうろついているのだが、どうにも顔色が冴《さ》えない。がっくりと元気を失っているように見える。小陸の身に何かあったのか。

廻りくどいことをしているのは性に合わないから、直次郎は直情の赴《おもむ》くままに近づいて行った。

こっちを見た樽平が直次郎の姿に慌てまくり、とっさにあたふたと逃げ出した。

「おい、待て、樽平」

「お許し下せえまし」

大きな躰を揺さぶって、樽平は叫ぶように言って逃げる。

直次郎はすぐに追いつき、樽平の腕をつかんで、

「おめえ、なぜ逃げる」

「あ、いえ、こいつぁ若殿様、ご無礼を」

樽平はその場に膝を折り、平伏する。切羽詰《せっぱつ》まった青い顔でうろたえている。

「小陸はどうした、どこにいる。おめえの主《あるじ》だよ。このおれに嘘つこうなんて思うなよ。有体《ありてい》に言いな」

「それが、そのう……」

はっきりしない樽平の物言いだ。

「おめえを責め立てるつもりはねえよ。小陸の居場所だけ教えてくれりゃいいんだ」

「できねえんです」

「なんだと」

「おらの奥方様は死んじまったんでございますよ」

直次郎が唖然《あぜん》となり、衝撃を受けた。とっさに樽平の胸ぐらを取って、

「な、何を言ってやがる、そんな言い逃れが通用するもんか。あの女がおっ死《ち》ぬなんて、とても考えられねえぜ」

「だったら番屋に行ってみて下せえ、あそこで奥方様は眠っておられやす。それでおら、どうしたらいいか、困っていたです」

直次郎は血相変えて番屋へ飛び込み、茶を啜っていた宿役人《しゆくやくにん》二人に問うた。

「すまねえ、ここにお女中の死げえがあると聞いたんだ。おれの探している人かどうか見せて貰いてえ」

直次郎の気魄《きはく》に呑まれ、宿役人たちは承諾して奥の板の間を教えた。案内を待つ間ももどかしく、直次郎は上がって戸口に立った。

見覚えのある小陸の着物が目に飛び込んできた。顔には白い布が被《かぶ》せられている。

半信半疑で直次郎は死骸に近づき、白布をまくって女の顔を拝んだ。「ううっ」と小さく呻き、思わず目を逸らした。

醜《みにく》く焼け爛《ただ》れた女の顔がそこにあった。

「…………」

肉は崩れ落ち、髪は半分燃え、小陸かどうかは判別できない。すぐに元通りに布を被せた。

宿役人の一人が入って来て、直次郎の横にしゃがんだ。

「どうだ、探してる女か」

直次郎は返答に困って、

「い、いや、これじゃよくわからねえ」

「どういう知り合いなのだ」

「そのめえに何があったのか聞かしてくれねえか」

「河原で焼かれて、駆けつけた時にはもう遅かった」

「誰の仕業《しわざ》だ」

「知らん。連れがいたが、そこいらにおらんか」

直次郎が番屋から出て来ると、横路地に樽平はまだいた。行き場がなく、うろついているようだ。如何《いか》にも愚直なこの男らしい。

「樽平、話を聞かせろ」

「その前に飯を食わせてくれませんか、若殿様。朝から何も食ってねえんです」

近くに一膳飯屋があり、直次郎は樽平と共にそこへ入った。

店内は馬子《まご》や駕籠舁《かごか》き連中で混んでいた。

片隅の床几《しょうぎ》に陣取ると、樽平の求めに応じてどんぶり飯と漬物を頼んでやり、それが来る間も待ちきれずに直次郎が問うた。

「はなっから話してくれ、樽平」

樽平は箸を動かす手を止め、

「え、あ、そう言われましても、どこから話したらいいのか……」

「おめえと小陸が萩尾の城下を逃げ出したとこからだ」

「へ、へえ、若殿様が追いかけて来るってんで、奥方様と一生懸命に逃げて、初鳥谷宿に辿り着きやした。そこであるご一行様と知り合ったんです」

「どんな一行だ」

「ご身分のある江戸の御方《おかた》でした」

直次郎はもたつく樽平の話しっぷりに、もどかしくなって苛立《いらだ》ちながら、

「その人の素性を言ってみろ」

「えっと、奥方様とおんなじご側室様でした。大御番頭榊原主計頭様のご側女でお吟様とお聞きしておりやす」

「そのお吟と小陸がどうしたんだ」

「気が合って道中ずっとご一緒に。まるで昔からの仲良しみたいになりまして。人払いをしてお二人だけになると、いつもご一緒に楽しそうに語らっておられました。ですから何を話していたのか、こっちにはちっとも聞こえてこねえんです」

「それでどうした、二人は仲違《なかたが》いでもしたってか」

樽平は言い淀《よど》む。

「さあ、よくわからねえんです。奥方様のご命令で用足しに行かされまして、けえって来たらご一行様共々いなくなっておりました。慌てて後を追ったら、この宿場の手前の河原で人が騒いでいて、覗いたら奥方様が焼かれてあんなお姿に」

悲しくてなりませんと言い、樽平は絞り出すような声で男泣きを始めた。泣きながら猛烈な勢いで飯を食う。

「けど樽平、あの黒焦げじゃ小陸かどうかわからねえだろう」

「へ、へえ、ですけど着ているお召物から何から、どれも奥方様のものでしたから。なんだってあんなひどいことを。おら、やった奴の気が知れねえです」

黒焦げ死体が小陸なのか、別人なのか、直次郎にさえもわからなくなってきた。

「その道中荷、ちょっと見せてみろ」

手掛かりがあるかも知れないと思い、樽平に言った。

「これにゃ奥方様のお身の廻りのものが」

道中荷を受け取り、直次郎が荷を調べる。

衣類や道中の日用品が詰まっていて、底の方に分厚い財布が隠してあった。有り金を出すと、百両の金包みが出て来た。

知らなかったらしく、樽平が驚きの声を漏らす。小陸の金には違いないが、今となっては持ち腐れだ。しかし路銀を持たずに逃げるのも不自然だから、焼死体が小陸の可能性も出て来た。

直次郎は即、決断する。

「樽平、こいつはおめえにくれてやるよ」

百両を樽平に手渡した。

「ええっ、そんな。いけませんよ、若殿様」

「元はと言やぁおれの父親のもんだ。おめえは小陸によく仕えた。その労に報いてやったって罰《ばち》は当たるめえ」

樽平は恐懼《きょうく》して押し黙る。百両を握りしめている。

「おれぁおめえに身寄りがねえことも知っている。どこか障《さわ》りのねえ所へ行って一からやり直しな」

「若殿様」

樽平はおろおろとし、目に泪《なみだ》を滲《にじ》ませる。

「おれぁ先を急ぐ。達者でな」

四

急ぎ足で中仙道を駆けめぐったが、側室らしき一行には追いつかなかった。

旗本家側室の身分なら供揃《ともぞろ》えも限られており、侍臣が十人前後、女もそれくらいで、後は陸尺《ろくしゃく》が五、六人といったところか。ましてや大名家の側室ではなく、旗本家では高々《たかだか》知れている。

途中、大名行列は目にしたが、側室の一行らしきそれには出会わない。

本庄宿《ほんじょうしゅく》を過ぎた所で、あまりの景観のよさに直次郎は思わず溜息を漏らし、立ち止まって見とれてしまった。

傍爾堂村《ぼうじどうむら》の坂に立つと、日光中禅寺《にっこうちゅうぜんじ》、上州赤城山《あかぎさん》、榛名山、信州浅間山《あさまやま》が一望できるのである。どの山々も雪を戴いている。

（こいつぁなんともすげえや、目の正月じゃねえか）

あくまで青く澄んだ冬空に、なにがしかの後ろめたさも感じていた。この汚れなき自然のなかで自分は何をしているのか。妹の仇討とはいえ、限りなき殺意を胸に旅をしているのだ。しかしそれはなさねばならぬ。本懐《ほんかい》を遂げねば自分は先に進めない。

あの焼死体は小陸ではない。違う女だ。あるいは行方をくらます手段として他人を殺害し、小陸はその女になりすましたのやも知れぬ。

直次郎はそう確信もしたが、疑問点も否《いな》めない。供の者たちが気づかぬはずがないからだ。そこを小陸はどうやって糊塗《こと》しているのか。一行に追いつけば謎《なぞ》は解ける。

直次郎はさらに先を急いだ。

日が暮れてから深谷宿《ふかやしゆく》に着到し、旅籠に投宿した。

湯を浴び、飯を済ませ、一杯飲んで寝入って暫《しばら》く経った頃、侵入して来た一団にいきなり枕を蹴っ飛ばされた。

跳ね起きる直次郎に、一斉に数振りの白刃が突きつけられた。浪人が五、六人である。

羅門鵺太夫《らもんぬえだゆう》が中心にいて、残忍な目で直次郎を見ている。

「おい、やってくれたな」

鵺太夫の言葉に一瞬なんのことかわからず、直次郎は戸惑った。

「小陸殿を焼き殺したのは貴様の仕業であろうが」

そのひと言で合点した。鵺太夫はこっちの正体も知っているのだ。

「おまえは小陸の警護役か」

「左様、荒ら事請負《うけおい》の羅門鵺太夫と申す」

この男たちは小陸から警護を頼まれていたにも拘《かか》わらず、何も聞かされぬままにこんな事態になり、はぐれて途方に暮れてしまったのに違いない。

小気味よい思いがした。

それでわかったぞ。しかしよく考えろ。

「だったらおれがこんな所にいる道理があるまい。誰かが小陸を焼き殺した。そいつがおれの仕業じゃないことは確かよ。おれが下手人《げしゅにん》だったら妹の仇討本懐、真っ向から斬り裂いてるぜ」

焼死したのは小陸の偽者ではないか、という推測は話さないことにした。むろんお吟の名も出す必要はない。

鵺太夫は太い溜息をつき、浪人たちに刀を納めさせ、直次郎の前にどっかと座ると、

「わしらはどうしたらよいのだ」

途方に暮れたような声で言った。

「知るもんか。また元の浪々暮らしに戻るしかあるまいな。もうこんなことはよしにしたらどうだ。今さら小陸に忠義立てしたところで、肝心要《かんじんかなめ》のご本尊はくたばっちまってるんだからな」

「行きはぐれたな、なす術《すべ》もないわ」

鵺太夫が本音を言った。

「まっ、おれと一戦交えなくてよかったな。それをやっていたら、とっくにあの世行きだったろうぜ」

「わしがお主に負けると思うか」

鵺太夫は意地を張ってそう言うが、もはや戦意は感じられない。

「さっさと消えちまってくれないか。これで縁は切れたんだ」

「わかった、そうしよう」

鵺太夫は浪人たちをうながして立ち、戸口まで行って見返ると苦笑を浮かべ、

「どうにも妙な別れであるな。こんなことは初めてなので、正直戸惑っておるわ」

言い残し、出て行った。

直次郎は冷たくなった枕元の残り酒をくいっと飲み、思案に耽《ふけ》った。

とにもかくにも、事件の真相を知りたかった。焼き殺されたのが本当に小陸なら、お吟とやらいう女は、小陸をさらに上廻る悪党ではないか。

このまま放っておくわけにはゆかない。

真相を突き止めることが急務であった。

五

萩尾藩の江戸藩邸は、神田佐久間町《かんださくまちょう》にあった。

一万五千石の弱小藩であるがゆえ、そこが上屋敷であり、萩尾藩に中、下屋敷はない。御家人の小屋敷や町家が密集するなかにあって、敷地は二千坪余だ。

江戸家老は恩田忠兵衛《おんだちゅうべえ》といい、六十に手の届く老人である。

藩邸には五十人ほどの家臣や女たちが詰めているが、日々さして忙しいわけではなく、忠兵衛などはすぐ近くの神田川へ行って釣りばかりしている。

忠兵衛は剣よりも料理の方が達者で、神田川で獲《と》れる鰻《うなぎ》を捌《さば》いて、屋敷の者たちに食わせることを喜びとしていた。

その日も神田川へ出て、漁獲《ぎょかく》の仕込みをしていると、三度笠に縞の合羽の旅人が近くに立った。

忠兵衛が訝《いぶか》しげに見やると、旅人が笠を取った。

その顔を見た忠兵衛が驚きの声を上げる。

「ま、まさか、ええっ？　若殿にござるか」

直次郎が屈託《くったく》のない笑顔を向けた。

「三年振りになるな、忠兵衛。相変わらず痩せ細って鶴のようではないか」

忠兵衛が江戸家老を仰せつかったのは三年前だった。

すぐに声が出ず、忠兵衛はおろおろとなって皺《しわ》くちゃの顔を歪《ゆが》め、泪を滲ませて、

「すっかりご立派になられて、爺《じ》いめは嬉しゅうござりまするぞ」

手放しで喜んだ。

二人は近くの茶店の床几に並んで掛け、甘酒を啜りながら暫し語り合った。

小陸に鶴姫が暗殺され、その仇討に直次郎が追手の旅に出たことを告げると、忠兵衛は鶴の死は国表からの知らせで知りはしたものの、事の詳細がわからず、もどかしい思いでいた。だがやはり想像していた通りに、世継ぎの座をめぐっての小陸の奸計《かんけい》

であると知るや、怒り心頭となり、鶴の無念を思ってまた泣いた。年のせいか泪もろくなっているようだ。

　忠兵衛は直次郎も鶴も幼い頃からよく知っていて、二人の行く末を楽しみにしていたのだ。根っからの忠義者で、この男にふた心は決してないのである。

「小陸めは江戸に逃げたのでござるか」

「それなんだ、忠兵衛」

　小陸を追って高崎宿まで来ると、河原で女の焼死体が発見された。しかし衣類などは本人のものに間違いないが、顔が焼け爛れ、小陸かどうか判別できない。

　それ以前の旅の途中で、小陸が知り合った女が曲者《くせもの》で、直次郎はお吟という女にも疑念を抱いている。そこまでを詳《つまび》らかに語った。

「何者でござるか、そのおなごは」

「大御番頭榊原主計頭殿の側室、という身分を名乗ってはいるが、真偽のほどがわからんのだよ」

「大御番頭榊原主計頭殿ですな、それがしの方で調べてみましょう」

「頼む」

　忠兵衛が話題を変えて、

「若が藩主の座を青山彦馬殿に譲られた一件は、国表よりの火急の文で知り申した。それで万事納まったようではござるが、若、本当によいのでござるか。それがしには今ひとつ得心が参りませぬが」

「これでいいんだよ、忠兵衛。おれが彦馬を説得してこういうことに相なった。悔いなど微塵《みじん》もないぞ」

「しかし、それでは……お上《かみ》の方から咎められるやも知れませぬぞ。若はこの通りお元気なのですから、隠居するということを誰もが納得致しますまい。痛くもない腹を探られるは厄介《やっかい》ではございませぬか」

「おまえもおれの気性を知っているはずだ。自由の天地に羽ばたくのがおれの理想だったからな、もう後戻りをする気はないぞ」

「は、はあ、それにしても困りましたなあ」

そこで改めて直次郎の身装《みなり》を見やって、

「そのような町人風情にお身をやつせられ、亡き殿がご覧になられたら、さぞやお嘆きになるやも」

「それはどうかなあ、父上も自由闊達《かったつ》がお好きだったぞ。存外お喜びになられるやも知れんではないか」

忠兵衛はうなだれ、感慨に耽る様子でいたが、

「では差し当たっては、藩邸でお暮らしになられるのですな」

「いいや、藩邸に寄宿するつもりはないぞ」

自由思想の持ち主である直次郎に言わせれば、藩邸を拠点とすることは堕落《だらく》であった。藩主の座を彦馬に譲った意味がない。ぬるま湯のなかにいては、仇討は叶わないと思うからだ。

「ええっ、ではどこに身を置かれるので」

忠兵衛が問い詰める。

それには答えず、直次郎は解放感の表情になって謎めいた笑みを見せ、

「風の吹くまま、気の向くままよ」

言ってのけた。

六

素性が知れず、生業《なりわい》も持たず、只の遊冶郎《ゆうやろう》にしか見えない直次郎はなかなか住む所が見つからなかった。

最初の晩は木賃宿《きちんやど》で過ごし、昼間は盛り場をさまよい、次の晩は船宿で夜を明かした。

そんな風にして、長屋を探してほっつき歩いた。しかし定まったねぐらがないのはどうにも困った。

江戸に知り人もなく、土地勘《とちかん》もないまま、しかし藩邸の世話にはならないと決めたから、痩せ我慢の末、やがて深川黒江町《ふかがわくろえちょう》に辿り着いた。

寺町のなかにある阿弥陀《あみだ》長屋を見つけ、大家《おおや》を探して自身番《じしんばん》で聞くと、長屋の一軒に住んでいると教えられた。

「御免《ごめん》下せえやし」

一軒の家の油障子の前に立ち、直次郎が案内を乞うた。「はあい」と若い女の声がし、戸をガタピシと開けて女が顔を覗かせた。

女はきちんと化粧を施し、小粋《こいき》な小袖に身を包んだ若後家風で、直次郎より少し年上かと思われる。目鼻立ちの整った美形だ。

「なんざんしょう」

女が警戒の目で、直次郎を上から下まで見て言った。

直次郎は女にやや気押《けお》されながらも、

「あ、いえ、その、ここに空家が一軒あると聞いて来たんですが」

女は直次郎に興味を示し、

「店子《たなこ》になりたいと？」

「へえ、ともかく大家さんを呼んで貰えやせんか」

「あたしが大家ですけど」

「ええっ？」

予想外だったので、直次郎は素《す》っ頓狂《とんきょう》な声になった。

「あら、あたしじゃいけないかしら」

「いえいえ、大家といやぁ皺くちゃの爺さんか婆《ばあ》さんと相場が決まってるもんですから」

「ホホホ、似つかわしくないと言いなさる。広いのよ、世間は」

「さいですね」

「おまえさんの生業《なりわい》は」

「なんに見えやすか」

女は改めて直次郎を見やって、

「うーん、そうねえ……渡りの髪結《かみゆい》さんかしら、それとも仕立屋かなあ。通いのお店奉公には見えないわねえ」

「無職渡世《ぶしょくとせい》でござんすよ」

言ってみたかった科白《せりふ》だ。

「驚きだわ、自分から渡世人て言う？」

「誤魔化《ごまか》しはしねえと決めておりやして」

「正直なのね」

「馬鹿がつきやす」

「決めた」

「はっ？」

「許すわ、店子にしてあげる」

「やれ、よかった、有難え」

気っぷのいい大家だと思った。

「おまえさんの名前は」

「直次郎と申しやす。そちらさんは？」

「春夏の夏《なつ》よ」

「お夏さんで」

「そう。荷物は？」

「これから古道具屋へ行って調達してめえりやさ」

「だったら町内にある古狸屋《ふるだぬきや》って店へ行くといいわ。布団《ふとん》から火鉢《ひばち》から、暮らしの道具の一切合切《いっさいがっさい》の面倒を見てくれるわよ」

「古狸屋ですね」

「あたしの兄さんがやってるの」

「なるほど、そういうこってすかい」

「あんた、家族は」

「一人もんでさ」

「木の股から生まれてきたの？」

「ふた親ともあの世へ」

「そりゃあたしとおんなじね」

「あ、さいで。ご兄妹二人なんですね」

「立ち入らないで」

「へい」

「あたしは後家でね、この長屋は亭主が遺《のこ》してくれたものなの」

「甲斐性《かいしょう》のあるご亭主だったんですね」

「違うわよ。朝から晩まで博奕三昧《ばくちざんまい》の人だったわ。それが病いを得てぽっくり逝《い》く前に、最後の博奕をやって大勝ちしてさ、五十両がとこあたしのふところに」

「その金で長屋を買ったんですかい」

「それも違う」

直次郎はコケそうになって、

「あの、立ち話もなんなんで、話は長えみたいですし……」

「あんた、いい男ね」

「いえ、そんな」

「だから家には入れない、間違いが起こるでしょ」

「参ったなあ」

「じゃ顚末《てんまつ》を教えたげる」

「聞かして下せえ」

「亭主が遺してくれた五十両を元手に、賭場《とば》で一発大勝負を賭けて張ってみたの。そうしたらなんと、倍になったのよ」

「うへえ、そいつぁすげえや。博奕はご亭主に教えられたんですね」

「まっ、そうだけど、もうそれ以来やってないわ。駄目なのよ、ああいうものは深みに嵌《は》まると病みつきになっちまう。おまえさんも渡世の人ならわかるでしょ」

「へえ、まあ、それはよっく」

「それじゃ古狸屋へ行っておいでな」

「そうしやす」

素直にしたがった。

七

古道具屋の古狸屋はオンボロで、狭い店内に入りきらないがらくたが表にせり出て、往来の妨げになっているほどだった。

亭主の熊蔵《くまぞう》はいかつい面構《つらがま》えで髯《ひげ》が濃く、月代《さかやき》を伸ばし、人相が悪く見えた。だがよく見ると小さな目には愛嬌《あいきょう》があり、いたずら坊主がそのまま大人になったような男だ。

直次郎が腰を低くして、お夏に言われて来た経緯《いきさつ》を話すと、熊蔵はたちまち破顔して相好《そうごう》を崩し、

「おう、そうかい、おれぁ熊蔵ってんだ。よくあんな長屋にへえってくれたな。面倒見させて貰うぜ」

「あ、あんな長屋とは？」

熊蔵の言い方に、素朴な疑問を呈する。

「お夏の気が強えもんだから店子が居つかねえんだよ。お夏の野郎、暮らしっぷりがよくねえとすぐがみがみ小言《こごと》を言いやがって、ちょっとしたことぐれえ大目に見てやりゃいいものをよ。気の弱え奴は退散しちまうんだ」

そんな風には見えなかったから、直次郎は首を傾げつつ、

「えっと、一軒にゃお夏さんが住んで、残りの五軒にはどんな人たちがいるんですね」

「煮ても焼いても食えねえ奴らばかりよ。といっても空家だった一軒におめえさんがへえって、残りは四軒だが、もう一軒も空家なんだよ。だから残る三軒に妖怪《ようかい》が住んでやがるのさ」

「へっ？　妖怪が……」

俄《にわか》には信じ難い。

「そいつぁおめえさんの目で見て確かめるんだな。会ったらあっと驚くような奴らば

かりだぜ」

「あ、さいで」

あまり有難くない気分になる。

「ふところぐれえはでえ丈夫かい」

「へえ、まあ、ご心配には」

それを聞いて熊蔵は「そうかい」と言って安心した顔になり、鍋《なべ》、釜《かま》、火鉢などを引っ張り出し、大八車に詰め込み始めた。

国表《くにおもて》を出る時から、直次郎のふところは潤沢《じゅんたく》であった。正体は若殿なのだから、金で苦労するわけにはゆかない。いざとなれば藩邸の後ろ楯《うしろだて》が——そう思い浮かべたところで、ハッとなっておのれを戒《いまし》めた。後ろ楯に頼ってはいけない。自由な風来坊の暮らしにあこがれ、こうなったはずではないのか。ともかく、妹の仇を討ってから行く末を考えることにし、今の気持ちに蓋《ふた》をした。

「だったらよ、ほかの家財はともかく、布団だけは上等のものにしたらどうなんでえ」

「上等って言いやすと、なんぞ曰《いわ》く因縁《いんねん》でもある布団なんですか」

ピンときて聞いてみた。

「さる大店《おおだな》のお嬢様がな、婚礼が決まって嫁入りしようとしてたら破談になっちまって、がっくりきて病気ンなって死んじまった。ふた親が悔しいからと、おれン所に売っ飛ばしに来たのよ。だからものがいいのさ」

「お嬢様はその布団でおっ死んだんですか」

「枕をさんざっぱら泪で濡らしてな」

「そいつぁ、ちょっと」

「なんでえ、嫌だってのか。だったら布団なしで寝るか。痛えぞ、畳に直《じか》は」

「わ、わかりましたよ、頂きますよ」

「よし、決まりだ。ところで賭場《とば》は決まってるのかい」

「いえ、深川は西も東もわかりやせんので、ご案内を」

「おいらに任せな」

「熊蔵さんの行きつけがあるんですね」

「貸元《かしもと》の名めえは印伝《いんでん》の雲右衛門《くもえもん》と言って、業突張《ごうつくば》りのくそ爺いだがよ、気はいい野郎なんだ」

「よろしくお願え致しやす」

大家のお夏といい、兄の熊蔵といい、直次郎とは妙に馬が合い、悪くない江戸暮らしの第一歩だった。

八

印伝の雲右衛門も人相の悪さでは熊蔵といい勝負だったが、やはり開けっ広げな江戸者のよさで、腹のない男のようだ。頭に霜《しも》を頂き、五十近くと思われた。

賭場は永代寺門前仲町《えいたいじもんぜんなかちょう》にあり、料理屋の建物を改築したものだが、まだ日も暮れないせいなのか客数は少ない。

帳場に納まった雲右衛門の前へ、熊蔵が直次郎を連れて来て、妹の長屋に新しく住むことになった野郎でござんす、と言って引き合わせた。

雲右衛門はくそ面白くもないといった顔を歪ませ、それでも興味深そうに直次郎をぐいっと見やって、

「名めえは」

「直次郎と申しやす」

「なら直《なお》でいいな」

「へっ、ご随意に」

「どっから来やがった」

「信州でござんす」

「かあっ、なんてえ野郎だ、こん畜生めえ」

雲右衛門がうるうるとした泣きっ面になった。

「あ、あの、何か？」

熊蔵が直次郎の耳に囁く。

「貸元の死んだかみさんが信州の出だったんだ。あの面でよ、惚れ合ったてえへんな恋女房だったらしいぜ」

「へえ、そりゃまた」

やがて雲右衛門の勧めで盆茣蓙《ぼんござ》の前に座った。客はいくらか増えてきたが、それでもまばらだ。いくつか勝負を重ねるうち、その夜はツキがあったらしく、駒札が手許《てもと》にごっそり集まった。

そろそろ汐時《しおどき》と思い、直次郎は稼ぎをほとんど熊蔵に託した。そのことで熊蔵も雲右衛門も気のいい野郎だと思ったらしく、別室で三人は酒を飲むことになった。

「おい、直」

雲右衛門が手招きして直次郎に盃《さかずき》を取らせるや、みずからは茶碗酒でそれに酒を

満たして、

「嬶《かか》ぁと国がおなじと聞いたら他人とは思えねえ。本当ならこの盃にゃ、男泪を落として飲み干さなきゃならねえとこだぜ」

「あ、へえ」

「直よ、おれと固めの盃を交わしてくんな、いいだろ」

「わかりやした」

男二人は酒を酌《く》み交《か》わす。

熊蔵が直次郎の肩を叩き、

「よっ、はなっからいいことずくめじゃねえか、直よ」

熊蔵にまで直と言われ、直次郎は面食らうばかりだ。古道具屋ではあるが、熊蔵も半分はやくざ者のようだ。

「貸元、深川のあんべえは如何でござんす」

熊蔵が話の水を向けた。

雲右衛門は苦々《にがにが》しい顔になり、

「どうもこうもねえさ、ちっともよくならねえよ。こちとらあのくそ野郎に押しまくられるばかりだぜ」

「はあ、さいでござんすか」

熊蔵が表情を曇らせる。

「熊蔵さん」

直次郎が熊蔵に説明を求めた。

「今の深川にゃ二人の貸元がいるんだ」

一人は印伝の雲右衛門、もう一人は新興勢力の蜂屋《はちや》の仁兵衛《にへえ》だという。仁兵衛はまだ三十代の男盛りで、どこから流れて来たか知らないが、この二、三年の間に荒っぽいやり口で勢力を広げ、雲右衛門を圧倒している。蜂屋に逆らうと最悪で家を壊され、半殺しの目に遭い、商売ができなくなるのだという。

雲右衛門の賭場が寂《さび》れている理由が、それでわかったような気がした。

「まったくよう、世も末だぜ」

雲右衛門が嘆くところへ、代貸《だいがし》の権助《ごんすけ》というのが血相変えて駆け込んで来た。

権助は三十半ばのあばた面で、直次郎の方を気になる目で見ながら、

「親分、うちの縄張《しま》で悶着でさ」

「なんだと」

「蜂屋ン所の連中が暴れてるんですよ」

「ふざけやがって」

いきり立つ雲右衛門を、熊蔵が止めて、

「お待ち下せえ、貸元が出張《でば》っちゃいけやせん、お名が廃《すた》りやすぜ。ここはあっしに任せて下せえ」

「おめえが諫《いさ》めるってか」

「へい」

熊蔵は直次郎を見やって、

「直、おめえの腕っぷしが見てえもんだな。いっぱしの渡世人なら、ちょいとばかりいいとこを見せてみな」

すっかり渡世人に思われていることがわかり、直次郎は勇躍した。

九

蜂屋の子分五、六人が怒号を挙げて襲いかかって来るのへ、直次郎は果敢に応戦し、鉄拳を見舞って行く。その動きに無駄はなく、拳《こぶし》は的確に相手に炸裂《さくれつ》する。争いの舞台になった茶店は半壊だが、野次馬からはドッと歓声が上がった。やはり土地の者たちには、日頃から蜂屋への憤懣《ふんまん》が募っているのだ。

直次郎は遂には子分の一人から丸太ん棒を奪い取り、それを武器にして全員を殴打しまくった。

人垣から覗いている雲右衛門が、熊蔵に囁《ささや》く。

「おい、威勢のいいのを拾ってきたな」

「拾ってきたんじゃござんせんよ。向こうから飛び込んで来たんでさ」

「わけでもあるのか」

「さあ、そいつぁなんとも」

「お夏に探らせてみろ。ちっとばかりの罪科《つみとが》ならおれが揉み消してやらあ。あいつは使える野郎だぜ」

役人に顔が利くようだ。

「へ、へえ」

熊蔵は戸惑っている。

横で聞いていた権助が口を差し挟む。

「また親分の悪い癖が」

「なんだあ」

「素性の知れねえ流れ者を手なずけて、こき使うじゃねえですか。前にもこんなことがありやしたぜ。そいつぁ可哀相《かわいそう》に木場《きば》に浮いちまったんだ」

「構やしねえやな、所詮《しょせん》は流れ者なんだ。この世は持ちつ持たれつだろうがよ」

「ですが、貸元」

熊蔵がもじもじとして言いかける。

「何を言いてえ」

「お夏の奴があっしの言う通りになるかどうかでさ。なんせ奴は独立独歩を気取って生きておりやすんで」

「おめえの妹じゃねえか、上から押さえつけろよ」

それでも熊蔵は難色を示している。

十

阿弥陀長屋に戻り、直次郎は布団の荷を解いて広げてみた。桃色の花柄で、なんとも恥ずかしくなるような代物《しろもの》だ。しかし熊蔵の言葉通りに上等の布団ではあった。国表での若殿暮らしを思い出す。縁起の悪い布団には違いないが、構うものか。これもいいかも知れないと納得し、さらにほかの鍋釜を片付けていると、無遠慮に油障子を開けてお夏が入って来た。

「いいかしら」

「へえっちゃなりやせんよ。二人だけになったら間違いが起こりやさ、大家さん」

直次郎が冗談を飛ばす。

「根に持たないでよ」

お夏が睨み、直次郎は笑って、

「なんぞ御用で？」

「あんた、信州の人なんだって？」

上がり框《かまち》に掛けるや、お夏が聞いてきた。

難色を示した熊蔵だったが、お夏はすんなり頼みを受け入れたのだ。ということは、お夏も直次郎に興味があったに違いない。

「へえ、まあ」

直次郎が答える。

「どうして江戸に流れて来たの。国で過《あやま》ちでも犯したのかしら」

「兇状持《きようじようも》ちじゃござんせんぜ、あっしは」

「でも腕っぷしが強いらしいじゃない」

「熊蔵さんに何を言われて来たんですか」

「貸元の雲右衛門さんがあんたを大層気に入ったみたいよ。それで探ってこいと、兄さんに言われて。どうする」

「どうもしやせんよ。確かに盃事は交わしやしたけど、印伝一家にへえるつもりはござんせん」

「じゃ江戸で何をする魂胆《こんたん》なの」

「滅相《めっそう》もねえ、魂胆なんてありやせんよ」

胸に秘めた妹の仇討は人には言えない。

「目当てを言って」

「妹が行方知れずンなりやしてね、江戸にいるって風の噂に聞いたもんですから、探し出そうかと思っておりやす」

嘘も方便だ。

「ふうん、なんでいなくなったの、妹さん」

「詳しいわけはご勘弁を」

「ちょっと待っててね」

そう言ってお夏は出て行くと、酒徳利《さかどっくり》をぶら提げて戻って来た。

それを見た直次郎が、荷のなかから茶碗二つを急いで取り出し、酒の用意をした。

「あら、気が利くわね」

「お近づきの印に」

お夏が酒を注ぎ、二人して冷や酒を飲む。

「これも盃を交わしたことになるんですか」

「うふっ、祝い酒ね」

盃を干《ほ》すと、お夏は直次郎に目をやり、

「江戸はどう?」

「結構ですねえ、あっしの性に合ってやさ」

「あたしもよ、生まれも育ちもなんでお江戸は大好き。でもねえ、これだけ人が大勢いると、いろいろと間違いが起こるわねえ」

「どんな」

「のさばってるのよ、悪い奴らが」

「蜂屋一家のこってすかい」

「あんなのはまだ可愛い方よ。もっと許せない人でなしがいるの」

「どんな」

直次郎がまたおなじ問いをした。

「お侍ね、それと分限者《ぶげんしゃ》の商人《あきんど》ども。奴らは弱い人の上に立って悪事を仕掛ける。とても見過ごせないわ」

「けどたとえそれがわかっていても、こちとらなんにもできねえじゃねえですか。小せえ虫は踏み潰されるだけですぜ」

「一寸の虫にも五分の魂《たましい》よ」

「そいつぁ危ねえ考えだ」

「うふふ」

お夏は謎めいた笑みを浮かべ、

「おまえさん、なかなかいいねえ。見込みあるわよ」

「なんの見込みですか、大家さん」

「あのね、その大家さんて言うのやめてくれない。名前で呼んでよ」

「わかりやした、お夏さん」

「それじゃ間違いが起こっちゃいけないから帰るわね。明日またね」

「へい、ご馳《ち》ンなりやした」

お夏が酒徳利を抱え持って土間へ下りたところへ、油障子に数人の人影が差した。

「ここに直次郎って野郎はいるかい」

怒気を含んだ男の声に、お夏がガラッと戸を開けた。

蜂屋の仁兵衛が、数人の子分をしたがえて立っていた。男伊達《おとこだて》のつもりか揉《も》み上げを長く伸ばし、髷《まげ》を高く派手に結っている。その悪相ぶりは超一流だ。

不穏な様子が充満した。

お夏が険しい顔になって、

「何しに来たのさ」

仁兵衛は冷笑を浴びせ、お夏越しに直次郎を見て、

「おめえが直次郎か」

直次郎が無言でうなずく。

「ちょいと面《つら》貸しな。さっきの礼がしてえんだ」

立ちかける直次郎を、お夏が制して、

「あたしが相手ンなってやる。おまえさんの無法にゃうんざりしてるんだ」

仁兵衛が気色《けしき》ばみ、

「いい度胸してんじゃねえか、この阿魔《あま》。おいらに逆らうとどうなるかわかってんの

か」

「わかってるわよ、存分に。でもあんたの言う通りになんかならない。やれるもんならやってご覧な」

お夏が腕まくりすると、仁兵衛らがゲラゲラと笑って、

「おう、すっ裸にひん剝《む》いてやれ」

子分どもに命じた。

お夏が身構えた。

その時、二軒の家からうす暗い雰囲気の男二人がのっそりと音もなく出て来た。一人は丸坊主、もう一人は月代を伸ばした貧乏神のような男だ。丸坊主が所化《しょけ》の岳全《がくぜん》、貧乏神を捨三《すてぞう》という。所化は弟子僧のことだが、岳全はもう五十で、和尚《おしょう》よりも年上なのだ。捨三の生業は墓守《はかもり》である。年は五十半ばか。

「おまえさんたち、二人だけかい」

お夏の問いに、岳全が答える。

「天狗政《てんぐまさ》はゆんべ食ったものが当たったらしく、家でうんうん唸っておる。具がいけなかったんじゃな」

「あいつは食い意地が張っとるからのう」

捨三が言い添える。

「大丈夫かしら」

「なあに、あいつがくたばるわけがないぞ。ふだんは落ちてるものを拾って食ってるからな、それでもピンピンしとるんじゃ」

捨三がしっしっと笑って言った。前歯が二本欠けているのがわかる。

「そうかい、ならいいよ。おまえさんたちは大事な店子なんだ。ここは手出し無用に願いたいね」

お夏に言われると、二人は少し引いた。

仁兵衛は興醒めした顔になり、直次郎を睨んで、

「おう、若えの。これで済むと思うなよ。日を改めてきっちり落とし前はつけっからな」

直次郎が何も言わないでいると、仁兵衛は肩を尖《とが》らせて子分たちと去って行った。

お夏は二人の方に向き直り、

「今日からうちの住人になった直次郎さんだよ。よろしくね」

二人は直次郎に不気味な会釈をすると、それぞれ「岳全」「捨三」の名を告げ、「よろしく」と声を揃えて言った。

（これが熊蔵さんが言う妖怪どもなんだな、陰気臭えだけでそうも見えねえけど、まっ、いいや、それにしても恐れ入ったぜ）

内心でそう思いながら、直次郎が閉口《へいこう》したように挨拶《あいさつ》を返す。

（もしかして、こいつぁとんでもねえ所に越してきちまったのかも知れねえなあ）

弱気に考えてしまった。

十一

神田川の茶店の床几に掛け、直次郎は江戸家老恩田忠兵衛と密談を交わしていた。

直次郎は黒っぽい小袖を着た地味な町人の身装で、忠兵衛は羽織袴《はおりはかま》姿だ。

「若、大御番頭榊原主計頭殿の仔細《しさい》がわかりましたぞ」

忠兵衛が勇んだ様子で語りだす。

「榊原殿は三河《みかわ》以来の由緒《ゆいしょ》あるご直参《じきさん》のお家柄で、五千石の高禄旗本にございました。おん年四十に相なり、温厚篤実《おんこうとくじつ》の士として知られております」

そこで含んだ笑みを浮かべ、

「まっ、世間体はどうあれ、正室のほかに側室が三人もおられまして、結構な艶福家《えんぷくか》と思われますな」

「して、お吟とやら申す側室は」

直次郎が息を詰めるようにして尋ねた。

忠兵衛は確《しか》とうなずき、

「つい先頃、善光寺へ参られたのも真《まこと》のことにござり、予定通りに帰着なされておられまする」

「道中何もなかったと」

「そのように聞きました。藩邸の者に念入りに調べさせたのですから、間違いはございません」

「お吟の姿は見たのか」

「はっ、遠目ながら垣間見《かいまみ》ました。小陸殿とはまったくの別人にございます」

小陸がお吟を殺してなりすましたのではないか、という直次郎の推測はこれで妄想に終わったのだ。

「ではあの焼死体はやはり小陸であったか」

「お吟殿と小陸殿との間になんらかの諍《いさか》いがあったのでは」

「そう考えるのが筋であろうな」

直次郎は少なからず落胆《らくたん》する。

「どうなさりまするか。鶴様の仇討をなさりたい若のお気持ちはよっくわかりまするが、お吟に仕留められた今となってはもはやどうすることも」

「忠兵衛、お吟を見たと言ったな」

「はっ」

「どんな顔をしていた」

「そうでございますなあ、狐か狸かと申せばやはり前者でして、細面《ほそおもて》の目許涼しき美形でございましたぞ。それがしの好みではござりませぬが」

「うむ……」

直次郎は考え込んだ。

これでは小陸を追って江戸まで来た甲斐がないと思った。では国表へ帰るか。しかし今さら青山彦馬を追い出すような身勝手はしたくなかった。浅慮《せんりょ》ゆえの軽佻浮薄《けいちょうふはく》な輩《やから》と、謗《そし》られるのもまっぴらだ。といって、江戸で根を張るというのも些《いささ》か憚《はばか》られた。人生如何に生くべきか。すぐには答えが出ない。

「若、お住まいの方はどうなりましたかな」

忠兵衛が聞いてきた。

る。

「ああ、それか」

深川黒江町の阿弥陀長屋なる所に家が見つかり、どうやら落ち着いた。大家がお夏という勝気な女で、その兄を古道具屋を営む熊蔵といい、まずは安心して暮らしてい

そこまでを打ち明け、深川の博奕打ちどもの話は忠兵衛には封印した。堅物《かたぶつ》の忠兵衛に余計な懸念を持たれても困るからだ。

「それはようございましたな、それがしも安堵致しましたぞ」

そこで言葉を切り、忠兵衛は声をひそめると、

「話は戻りますが、藩邸の者から仄聞《そくぶん》致したところによりまするると、お吟とやら申す側室はなかなかの策士のようで、榊原殿の寵愛《ちょうあい》を得たいがため、ほかの側室たちを追い出すようなことを陰でしているそうな」

「どのようなことだ」

「榊原殿が愛《め》でし文鳥を死なせ、その罪を別の側室に被《かぶ》せ、榊原殿の怒りを買ってその側室は追放されたとか。それが真なら大層な腹黒、性悪女《しょうわるおんな》ではござりませぬか」

「………」

お吟に興味を感じた。

恐らく生まれながらの悪婆《あくば》（悪女）に違いない。ゆえに小陸と諍い、焼き殺したのではないのか。そういう女はこの先も何をするかわからない。犠牲者はまだ出るかも知れない。見過ごせないものを覚えた。屋敷へ忍び込んでお吟の顔を見たくなってきた。懲らしめてやってもいいと思った。

（世のため人のためにならねえことは、このおれが許さねえ。黙っちゃいらんねえんだ）

決意するや、直次郎の行動は早かった。

「忠兵衛、急ぎの用件を思い出した。今日はこれで」

「あ、お待ち下さい、ちょっとおつき合いして下さればうまい鰻の蒲焼《かばやき》を」

忠兵衛が慌てて引き止めた。

「またにするよ、さらばだ」

十二

榊原主計頭の屋敷は、駿河台富士見坂下《するがだいふじみざかした》にあった。その敷地は広壮で、萩尾藩の藩邸よりも大きいようだ。

日が落ちるのを待って、直次郎は屋敷へ近づいて行った。黒っぽい小袖が薄暮によく溶け込んだ。

屋敷は片番所付きの立派な長屋門《ながやもん》で、門番が常駐している。すでに閉門されていた。軍役規定によれば、五千石高は百人以上の家《いえ》の子郎党《ろうとう》を抱えているはずで、二個小隊を率いることになっている。

海鼠塀《なまこべい》の向こうに御殿のような母屋《おもや》が控えていて、威厳があり、庭園は森林のようだ。

裏手へ廻って裏門をそっと押すと、閂《かんぬき》は下りてなく、難なく邸内へ侵入できた。

（まったく不用心だぜ、ご大身《たいしん》てな）

庭の植え込みに身を隠し、暫し様子を窺った。

長廊下を家人や女たちが忙《せわ》しげに行き交っていたが、やがてそれも途絶え、屋敷は森閑となった。

それを見澄まし、直次郎が動きだした。屋敷の裏手へ廻り、するすると屋根に登り、天窓を探して取り外し、内部へ侵入した。

天井裏を鼠《ねずみ》のように這って突き進む。

（もしかしておいら、盗《ぬす》っ人《と》の才覚があるのかも知れねえぜ）

ひとり北叟笑《ほくそえ》み、奥御殿の方へ進む。

男女の笑い声が聞こえ、天井板をズラして覗き見た。

金糸銀糸の羽織を着た殿様風が、若い女と酒を酌み交わしている。

恐らくそれが榊原主計頭で、相手は側室の一人と思われた。忠兵衛が言った人相とは異なり、女は狸顔なので、お吟ではあるまい。

二人は如何にも楽しげだから、女は榊原の寵愛を受けているに違いない。

その時、室外に気配を感じ、直次郎が急いで場所を変えて覗いた。

やや年増の女が廊下に立ち、なかの様子を窺い、耳を欹《そばだ》てている。すらっとした肢体の持ち主で、狐顔だ。

（あいつだぜ、お吟てな）

ぞくっときた。

お吟は妬心《としん》から聞き耳を立てているのか。

それだけではないものを直次郎は感じた。

お吟の躰からメラメラと何かが燃えているのだ。それは殺意だ。お吟は若い側室の殺害を考えているのではないか。そう直感した。

もしそうなら、直次郎としては放っておけない。やはり危惧《きぐ》したように、お吟は何をするかわからない女なのだ。どうしてくれようかと思案しているところへ、家人の怒声が飛んだ。

「曲者《くせもの》っ、方々《かたがた》お出会いめされい」

第三章　黒猫の姐《ねえ》さん

一

家人の怒声を聞いたとたん、直次郎は凍りついた。

初めての忍び込みで、不覚にも見つかってしまったのか。動けなくなった。下から槍で突かれでもしたらたまらないから、そろりと躰を動かして二重梁《にじゅうはり》の上に乗った。そこで身を伏せて息を殺す。

しかし、何事も起こらない。

どうやら賊は直次郎ではなく、別口ではないかと思うようになった。廊下を走り廻る家人の足音は違う方向へ向かっているようなのだ。

榊原やお吟どころではなくなり、直次郎は慎重に這って外へ移動を始めた。

寒風が吹き、月光が甍《いらか》の波を照らす外へ出た。たちこめた夜霧《よぎり》のせいで、辺りは青白く霞《かす》んで見える。そっと様子を窺っていると、ミシッと甍を踏む音を聞いた。鋭くそっちへ目を走らせる。

大屋根の彼方《かなた》に、すっくと立つ一つの黒い影があった。その影もこっちを見ている。期せずして、やはり思いもかけぬことに賊がもう一人いたのだ。

「おい」

小さい声で呼んでみた。

賊は答えない。細身なその躰は女のようにも見えるが、顔も性別もわからない。盗っ人なのか、なんの目的で榊原の屋敷に忍び込んだのか、それが知りたくなった。

直次郎が身を屈め、瓦《かわら》を踏んで走った。

すると賊の敵はひらりと身をひるがえし、逃げ出した。

（くそっ）

躍起《やっき》になって追った。

だが敵の方がすばやく、熟練していた。軽々と屋根から跳び、裏庭の闇に着地して消え去った。それはまるでむささびか何かのようだった。

すかさず直次郎も跳んで追ったが、手掛かりも何も残さぬまま、敵はもうどこにも姿はなかった。

無数の龕燈《がんどう》の灯と、家人の足音が近づいて来た。

直次郎は元通りに裏門へ走り、戸を開けて暗黒の表へ飛び出した。

その宵《よい》は逃げ去るしかなかった。

二

断りもなしに油障子をガラッと開け、見知らぬ男が入って来てゆらりと土間に立った。

締まりのない大きな馬面《うまづら》で、下唇が突き出ている。岳全や捨三とおなじく、むさ苦しく貧乏臭い風貌だ。藍微塵《あいみじん》の木綿《もめん》の粗衣《そい》をだらしなく着付け、雲右衛門や熊蔵らと似たような臭いがするから博奕打《ばくちう》ちのようだ。年は四十半ばと見た。

長屋住まいには似つかわしくない花嫁布団をハネ上げ、朝寝をしていた直次郎が驚いて半身を起こした。

「どちらさんですね」

直次郎の問いに、男が答える。

「おれを知らねえのか」

横柄《おうへい》な口調で言う。

「あ、へえ、存じ上げやせん」

男は舌打ちして、

「政吉《まさきち》だよ、政吉。通り名は天狗政ってんだけどな、家はおめえんちの隣りよ」

「ああ、昨日食当たりをした」

「そうなんだよ、誰から聞いた」

「岳全さんです」

「あのくそ坊主が余計なことを」

「生きていてよかったですね」

「うるせえ、おれが死んでたまるか。それより大家のお夏から聞いたがよ、昨日越して来たらしいな」

「直次郎と申しやす」

正座し、頭を下げておく。

「よしよし、面倒見てやらあ。そこでなんだけどよ、少しばかり銭持ってねえか」

「いかほどで?」

「百か二百でいいぜ」

「承知しやした」

枕の下から財布を取り出し、百文の銭を数えて天狗政に差し出す。

天狗政は手刀《てがたな》を切ってそれを受け取り、

「朝飯まだだろ」

「へえ、これから支度をしようかと」

「だったらおれの分もこさえてくれねえか」

「腹具合はもういいんですかい」

「ふざけるな、ピンピンしてらあ」

知らない人の家にいきなり入って来て、銭を貸せだの飯を食わせろと非常識極まりないが、不思議と腹は立たなかった。

直次郎自身が、こんな非常識な環境に馴れてきたのだ。

半刻（一時間）後、二人は向き合い、炊《た》きたての飯で朝飯となった。おかずは納豆《なっとう》と漬物だ。

「おめえ、黒猫《くろねこ》を知ってっか」

天狗政が妙なことを言いだした。

「毛の黒い猫のことですよね」

「そりゃそうだが、そうじゃねえ」

「へっ？」

「黒猫ってな盗っ人の名めえだよ。近頃お江戸を騒がせてやがんのさ。盗みがうまくってな、神出鬼没《しんしゅつきぼつ》よ。しかも貧乏人からは鐚《びた》一文取らねえんで、大向こうから拍手喝采《かっさい》だ。もっとも貧乏人の所にへえったって鐚一文ねえけんどよ」

「鐚一文」を連発して、天狗政は何がおかしいのか一人で悦《えつ》に入る。

「いえ、知りませんでした。そいつのことをもう少し詳しく聞かせて下せえ」

直次郎はピンときて胸が騒いだ。昨夜の榊原の屋敷で遭遇《そうぐう》した賊のことではないのか。

「黒猫はご大身《たいしん》のさむれえどもの屋敷か、大商人の所にしか押込まねえ。ごっそり大金をぶん取って、それをどうすると思う」

「まさか、義賊の真似事《まねごと》を」

「その通り。貧乏長屋に小判の雨を降らすのよ。一家心中をやらかそうとしていた家がそれで助かったり、首を吊りかけてた奴も死なずに済んだりな、黒猫は人助けのために盗みを働いてんのさ。偉えだろ」

「偉いったって、盗みは盗みですぜ」

天狗政が嘆いて、

「まだまだ若えよ、おめえは。捕まったら獄門《ごくもん》だ。それがわかっていながら黒猫は命懸けで人助けをして、貧乏人のために危ねえ橋を渡ってるんだ。そんじょそこいらのコソ泥にできる芸当じゃあるめえ」

「なるほど。黒猫のことはわかりやしたが、どうしてあっしにそんな話を」

「わけなんぞあるもんか。おれが黒猫の味方だってことを言いたかっただけよ」

「そりゃ、どうも」

天狗政が帰った後も、直次郎は怪盗黒猫のことを考えていた。昨夜会った盗っ人が黒猫なら、榊原に対してなんらかの目当てがあったのではないのか。忠兵衛の話では温厚篤実な人柄ということだったが、榊原に裏があるとしたらどうだ。

気になると矢《や》も楯《たて》もたまらなくなるのが、直次郎の癖だった。

行動を起こしかけ、ところがそこでハッとなって座り直した。ある考えが閃《ひらめ》き、何かを思い出したのだ。それはみるみる直次郎のなかで増幅し、肥大化した。まさかと思ったものの、おのれの直感を固く信ずるのも直次郎であった。

三

お夏が井戸端で大根や菜類を洗っていた。

直次郎が寝巻姿で家から出て来た。寝惚《ねぼ》け顔ではなく、思惑のある目でチラッとお夏の背を見る。

もう昼近くで、阿弥陀長屋は人けがなくしんとしていた。

「遅いのね、朝は」

お夏は手を休めず、背を向けたままで話しかける。しかし直次郎に対して、どこかぎこちないのである。

直次郎の方は井戸水を汲《く》み上げ、両手で掬《すく》って口を濯《すす》ぎ、手拭いで口許を拭きながら、

「ゆんべはけえらなかったみてえだな、お夏さん」

昨夜、直次郎は外出せずにずっと長屋にいたのだ。

「そんなことあんたにいちいち言わないといけないのかしら」

「別に、そんなこたねえけんどよ」

そうは言っても、直次郎がお夏を見る目は疑惑に満ちている。

「遅くなっちゃったのよ」

「どこ行ってた」

「あたしに用だったの？」

「用なんかあるもんか」

「じゃ何よ、はっきり言って。話があるんなら聞くわよ」

「ほかの連中は？」

「岳全さんも捨三さんも、お寺のお務めに出掛けた。二人ともおなじ寺なの。政吉さんは子供に会いに行ったわ」

「子供がいるのか、あの人」

「いろいろわけありでね、かみさん子供とは別れて暮らしてるのよ」

天狗政のことはそれ以上聞かず、直次郎が何も言わずに黙っているので、お夏は怪《け》訝《げん》な顔になって振り返り、

「どうしたの」

直次郎は目を逸らすようにして、

「実はな、天狗の政さんから黒猫の話を聞いたんだ」

「………」

お夏が洗い物の手を止め、すっと表情を引き締めた。直次郎の方を見ようとはしない。

「おれぁ江戸に出て来たばかりで知らなかったんだが、黒猫と呼ばれる義賊がいて、大向こうからやんやの喝采を浴びてるらしいじゃねえか」

お夏は硬い顔になり、無言だ。

「黒猫は悪い奴らからぶん取った金を貧しい人たちにばら撒《ま》いて、恵みの小判の雨を降らしているそうだな」

「そうよ、黒猫の話はあたしだって知ってるわ。江戸に住んでいて知らない人はいないわよ。だからどうしたの。なんだってあたしにそんな話をするの」

直次郎は口を噤《つぐ》む。

「答えてよ、直さん」

「おれぁ疑ってるんだ」

「えっ？」

「お夏さん、あんたこそが義賊の黒猫じゃねえのか」

直次郎がお夏を見据えて言う。それこそが直次郎の閃いたことであり、一気にお夏への疑念を膨《ふく》らませた。榊原の屋敷の大屋根にすっくと立った黒猫の姿が、今ではお夏のものだと確信していた。

突如、お夏がけたたましく笑った。

その笑いに、直次郎はどこか無理なものを感じる。

「どうしてあたしが？　臍《へそ》が茶を沸《わ》かすような話じゃない、直さん。なんでそう思うの」

「おとついの晩、大御番頭榊原主計頭の屋敷でおれぁおめえさんに会っている。こっちは見てねえが、あんたはあの時おれの面《つら》を見たはずだ。追いかけたら、すばしっこく屋根を跳んで逃げたよな」

お夏は笑いを引っ込め、直次郎をキリッと睨む。

「言い掛かりよ、そんなの。与《あずか》り知らないことだわ」

「あんたはこの江戸に悪い奴らがのさばっていると言った。おれが蜂屋一家のことかと言ったら、あんなのはまだ可愛い方で、もっともっと許せない人でなしがいると」

「…………」

「それからさむれえが悪い、分限者《ぶげんしゃ》の商人どももよくねえ。奴らは弱い人の上に立って悪事を仕掛ける。とてもじゃねえけど見過ごせねえと、そう言ったんだ」

お夏が洗ったものを笊《ざる》に積み、直次郎から逃げるように何も言わずに家に入りかけた。

直次郎はお夏を追って袖をつかみ、話しつづける。

「そんな奴ら、手に負えるわけがねえと思ったんで、こちとら力がねえから、小せえ虫は踏み潰されるだけだと言ったら、あんたはこう言った。一寸の虫にも五分の魂だってな。それって、黒猫の科白《せりふ》そのものじゃねえのかい」

お夏は肩の力を抜き、「ふうっ」と観念でもしたような溜息をつき、

「直さん、ちょっとお入りな」

家のなかへ直次郎を誘った。

「いいのか、間違いが起こったって知らねえぜ」

冗談など受けつけない顔で、お夏は油障子を開けて土間へ入り、躰の向きを変えて直次郎のことをじっと見た。

四

お夏の家のなかは簡素で、こざっぱりとしていた。

火鉢、枕《まくら》屏風《びょうぶ》、茶道具、衣桁《いこう》、蠅帳《はいちょう》、酒徳利、きちんと畳まれた布団など、生活に必要最小限なものしか置いてなく、なぜか女所帯の匂いは薄い。

しかも直次郎たち店子《たなこ》の家は六帖と三帖だが、お夏の所だけ六帖二間の造りになっている。その上一般的には長屋にはないはずの押入れもついていて、大家の権限で改造したものと思われる。

直次郎はさり気なく視線を流して探す目になるも、あの晩お夏が着ていた盗っ人装束《しょうぞく》はどこにも見当たらない。

文机《ふづくえ》の上に何冊かの帳面が重ねて置かれ、書きかけの書きつけもあって、それらがどうにもそぐわない感じがして、直次郎がお夏に問いかけの目をやった。

お夏は突慳貪《つっけんどん》な口調になって、

「あたしだって書きものぐらいするわ。これでも大家だから、ちゃんと町内の仕事をしているのよ」

こんな小さな長屋でも、大家である以上はお夏も町内自治の一端を担わされ、店子の動向を把握《はあく》し、町名主《まちなぬし》、五人組とも連絡を取り合っている。それらは町人の自治組織なのである。

大家というものは店子から科人《とがにん》が出てはいけないし、雨漏《あまも》りや道ひとつ損壊しても修繕を願い出ることになっている。ほかにも大家には町内のための細々とした仕事があり、そのほとんどは取るに足りないことだが、それらを日々書き留め、町名主に報告する義務があるのだ。

「お夏さんが至極まともな表の仕事をやってるってのが面白えぜ。裏の顔は世間の誰も知らねえんだよな。店子に科人どころか、大家が黒猫なんだから科人そのものじゃねえか」

直次郎は感心したようにして、嘯《うそぶ》く。

お夏はそれには答えず、直次郎と対座すると、茶を淹《い》れて差し出しておき、真顔で話し始めた。

「榊原の屋敷になぜ忍び込んだの、直さん」

もうそれは自分が黒猫と認めていることだから、直次郎は迂闊《うかつ》なことは言えなくなり、やや緊張し、まっすぐにお夏を見て、

「そういうあんたこそ、なんであそこへ」

「許せぬ人でなしなの、榊原は」

「評判のいい人のはずだぜ」

「悪党はみんな仮面を被ってるのよ」

「どんな仮面だい」

「それを今ここであんたに言う必要はないと思うけど」

「おめえさん、黒猫だってことを認めるんだな」

念押しした。

暫《しば》しの沈黙の後、お夏は毅然《きぜん》とした顔を上げて、

「だったらどうなの」

開き直った。

「あたしを咎めてるの？」

「そんなつもりはねえ」

「じゃどうするつもり？　あたしをお上へ突き出すの」

「どうするかなんてまだ何も決めてねえよ」

お夏の勢いに、直次郎はたじろいでいる。

「そういうあんたはどういう人なの。それじゃ認める。あたしは今、天下を騒がせている黒猫よ」

直次郎の頰から曖昧《あいまい》な笑みが消えた。

「こっちの正体を見破ったんなら、そっちのこともきちんと聞かせて欲しいものだ

わ」

お夏が切り口上になった。

「つまりおれの氏素性かい」

「そうよ。風来坊はいいけど、それだけじゃないんでしょ。最初っから少しばかりうさん臭いと思っていたわ」

「けど兇状持ちじゃねえんだぜ」

「わかってるわ、そんなこと。人を泣かせてる犯科人とは思ってないもの。でもどこかひっかかってならなかった。ここは男らしく白状しなさいよ、直さん」

お夏が迫った。

直次郎は追い詰められたような顔になり、座り直してビシッと襟《えり》を正すと、

「それじゃ嘘偽りのねえ本当の身分を明かすとするか、黒猫の姐《ねえ》さん」

お夏が腹を決め、直次郎を正視した。

「実はおいらはな、信濃国水内郡萩尾藩一万五千石の、れっきとした跡取り息子だったんだ」

「ええっ、若殿なの。ちょっと待って、だったってことは、お家《いえ》が潰れでもしたのかしら」

直次郎が若殿とわかってから、あまりのことにお夏は動揺し、仰天し、目の前がくるくる廻るような思いがしていた。

「いいや、お家はちゃんとつづいている。親戚筋の青山彦馬ってのが領地を治めてらあ」

「じゃなんだってあんた、いえ、若殿が国を捨ててこんな江戸で長屋暮らしをしてるの。聞いたことのない話だわ」

「町名主に訴えるかい」

「そんなことしないわ。いいから、わかるように説明してよ」

「話せば長えんだ」

「構わないわよ、お天道《てんと》様はまだ頭の上なんだから」

その時、外がみるみる暗くなり、俄雨《にわかあめ》が降ってきた。

これまでの経緯を語る直次郎の声は、ともすれば雨音に消されがちになり、お夏はひと言も聞き逃すまいと、懸命に耳を欹《そばだ》てた。

やがて雨がやんだ。

直次郎の長い話もあらかた済んだ。側室小陸の謀略によって妹を暗殺され、それを発端として江戸へ出て来たわけが語られた。

聞き終えると、お夏は座敷の隅までズズッと下がって態度を改め、大真面目な顔になってひれ伏した。

「ははっ、直次郎君様、大変失礼を」

「お、おい、よせよ」

「若殿様とは露《つゆ》知らずにご無礼の数々、平《ひら》にお赦《ゆる》しのほどを」

直次郎が当惑し、嫌がる。

「よせって言ってるだろうが、やめてくれねえか。おれぁ元々そういうのが嫌えで国を飛び出したんだからさ、黒猫の姐さん」

「その呼び方、やめて下さい」

「人前で黒猫なんて呼びやしねえよ」

「でもいけません、若殿様」

「こっちもその呼び名はやめて貰いてえな。町中《まちなか》で若殿様なんて呼ばれたら穴にでもへえりたくなっちまわあ。直さんでいいよ。そうしてくれ。おめえさんのことも大家じゃなくて、お夏さんでいいな」

「あ、ええ、はい」

お夏はまだ困惑と戸惑いが消えず、直次郎の扱いも腰が定まっておらず、どうしたらよいのか決めかねているようだ。

五

直次郎は町内の蕎麦屋《そばや》へお夏を誘い、二階座敷に落ち着いた。

二人の周囲は小さな衝立《ついたて》で囲ってあり、昼飯時を過ぎているから客はまばらだ。

小女《こおんな》が註文の天ぷら蕎麦と酒を置いて去ると、お夏はまず酌をして、

「その小陸ってご側室は、本当に焼き殺されたのかしら」

「おれもそれを疑ってたんだが、間違いねえようだ。榊原の側女《そばめ》のお吟が何事もなかった顔で江戸に戻っている。諍《いさか》いでもして、小陸はお吟に殺されたのさ」

「お吟て女はあたしも見たことがある」

「どんな女だ」

直次郎が盃を干し、お夏に酌をしながら問うた。

「あたしの方はお吟に疑いを持っていたわけじゃないから、よく知らない。でもいつも権高《けんだか》で、鼻持ちならない女のように思えるわ」

「今、榊原の寵愛を受けてる若え側女はどうなんだ。天井裏から覗いたら、二人は大層仲がよかったぜ」

「それは若宮《わかみや》といって貧乏御家人の娘よ。この子は特に何もない。あっけらかんとして、どこにも罪はないみたい。榊原はそこが気に入っているようね」

「なるほど」

「それにしてもあんた、天井裏から覗くなんてあたしのお株を取らないでよ」

直次郎はお夏の揶揄《やゆ》混じりの非難などお構いなしで、

「榊原はいってえどんな悪事を働いているんだ」

「それは今は置いときましょう」

「なんでだ、話してくれよ」

「あんたはこの先どうするつもりなの。妹姫の仇《かたき》は死んじまってるんだから、やろうとしていたことが宙に浮いちまってるわよね。このまま江戸にいてもなんにもならないと思うけど」

「消えてなくなれってか、このおれに」

「そうは言ってないわよ。でもうちの長屋にいる意味がないでしょうが」

「重々わかってらあ」

直次郎は手酌で飲んで、

「そこだぜ、人生如何《いか》に生くべきか」

気取って言ってみた。

「答えは出てるの？」

「ああ」

「教えなさいよ」

「それは置いといてだ」

直次郎がお夏の言葉を真似て、

「おめえのことがもう少し知りてえ」

「何を知りたいの」

「熊蔵さんは本当の兄さんなのか」

「あっ、それ……」

「なんだ、どうした、違うのか」

「ううん、熊蔵は正真正銘の兄さんよ。若い時からあんな人だった。ずっと博奕打ちをやっていて、いつまでもそんなことしてたらいけないって、あたしが金を出して古道具屋をやらせるようになったのね」

「その金の出所は」

「そこまで聞く？」

「なんでも知っておきてえんだ」

「黒猫で稼いだ金じゃないわ。もうとっくにこの世にゃいないけど、ふた親が残した金をあたしが持っていたの。兄さんもそれを知っているから、あたしにすまねえすまねえと詫びてたわ」

そこでお夏は女らしい表情になり、

「直さん、あたしが若後家と言ったのは作り話よ。いまだに一度も嫁いだことはないわ。したがって男に惚れたことも、交わったこともない。きれいなもんよ。あの長屋を買った金は、さる人でなしの旗本の元からちょいと拝借したものなのね。どんな人でなしかなんてことは、ここでは言わない」

「どうして盗っ人になったんだ。生まれつき手癖でも悪かったのか」

「人聞きの悪いこと言わないで。黒猫になる前は人様のものなんかに手を付けたことはなかった。みんな世のため人のためよ」

「きれいごとはよしにしな」

「違うってば」

「金に困ってるわけでもねえのに盗み働きするってのが、おれにゃどうにも解《げ》せねえぜ」

「あたしは貧乏じゃないけど、金持ちでもないわ。若殿には浮世の苦労なんてわからないでしょ」

「それを言うなよ、耳が痛えぜ」

「あたしはね、不幸な人を沢山《たくさん》見てきたの。それがみんな貧乏人ばかりで、あたしのなかに怒りがどんどん溜まってったのね。どうして貧しい人ばかりが泣かされなくちゃいけないの。死ななくてもいい人が死んで、侍や商人たちは涼しい顔をして暮らしているのよ。理不尽《りふじん》でしょうが、そんなの」

「だからひと肌脱いだってか」

「そうよ、その通りよ」

まっすぐな目でお夏は直次郎を見て、言った。

直次郎は気押《けお》される思いで、

「そ、それにしてもおめえ、随分と思い切ったことを。捕まったら獄門 磔《はりつけ》 間違いねえんだぞ」

「へっちゃらよ、兄さん以外、身内なんて親も子もないんだし。これでわかった？

あたしのこと」

「あ、ああ、まあ」

「はっきりしなさいよ、煮え切らない男ね」

直次郎はちょっと不貞腐《ふてくさ》れ、蕎麦に箸をつけるや、猛烈な勢いで食べ始めた。それを見ていたお夏も急に空腹を覚え、蕎麦を掻っ込む。若い二人は暫し食べることに集中した。

やがて食べ終え、酒に戻って、

「熊蔵さんはおめえのやってることを知ってるのか」

「話したことはない。聞いたこともない。でもどっかで疑ってるようなところもあるわ」

「長屋の三人はどうなんだ」

「知らない。いいのよ、あの妖怪さんたちは世間の目を誤魔化すめくらましのつもりだから。秘密を知ってるのはあんただけってことね」

「なぜおれに黒猫の正体を明かした。違うと言い張ってもよかったんだぜ」

「榊原の屋敷で会ったことが運の尽きだと思った。あたしもあの時は驚いたわ」

「おれの方は見てねえんだ」

「南無三《なむさん》って思ったのよ」

「それで、どうする」

「それはあたしの科白《せりふ》。あんた、いったい何考えてるの」

直次郎は答えない。

「困ったわね、直さん。一度秘密を明かした上は、断ったら命取りになるのよ。これは裏渡世の掟《おきて》なんだから」

「おれに手を組めってか」

「それも悪くないわ。おまえさんは腕っぷしも強いし、邪《よこしま》な人間じゃないでしょ。頼れる人だと思っている」

「わかるもんか、そんなこと」

照れ臭そうに直次郎はやり返す。

「わかるわよ、これでも人を見る目は持ってるの」

「あんまり買い被らねえでくれよ」

「あたしに逆らうの？」

お夏が睨んだ。

「トホホ、おっかねえなあ」

やりとりとは裏腹に二人が睨み合った。小さな火花が散る。だがそれも束《つか》の間《ま》で、なぜか双方の間に不可思議な笑みが浮かんだ。

「もう答えは出てるんでしょ」

お夏の言葉に、直次郎は確《しか》とうなずく。

「ああ、出てるよ」

「なら言いなさい」

「それより先に、榊原の悪事を知りてえもんだな。榊原が許せねえ人でなしだってわかっておれの血が騒いだら、はっきりした答えを出そうじゃねえか」

「あたしの仲間になるのね」

「冗談じゃねえ、黒猫の子分になんぞなるもんか」

「こっちも若殿様が子分じゃやり難いわよ」

二人の目と目が、やる気充分にキラキラと絡み合った。好敵手同士と認めたようだ。しかしどちらも両雄だから、並び立つには無理があるのだが。

六

本所入江町《ほんじょいりえちょう》に『桔梗屋《ききょうや》』という女郎屋があり、お夏は直次郎を伴ってやって来ると、表に出ていた見世《みせ》の若い衆《し》に銭をつかませて、「白菊《しらぎく》ちゃん呼んどくれな」と言った。

初対面ではないようで、若い衆はすぐに言うことを聞いて奥へ引っ込み、ややあって十七、八の痩せた女郎を連れて来た。

白菊と呼ばれた女郎はお夏に頭を下げ、おどおどとした目で直次郎の方を見た。

お夏は直次郎に白菊は源氏名《げんじな》で本名はお菊《きく》だと言っておき、白菊には「あたしの知り合いよ」と言って直次郎を引き合わせ、二人を誘って近くの茶店に向かった。

見世の若い衆がついて来て、遠くから見守っている。白菊に逃げられたら困るからだ。

三人で床几《しょうぎ》に掛け、お夏が甘酒を頼むと、

「お爺ちゃんの塩梅《あんばい》はどう？」

お菊に聞いた。

「相変わらずです。寝たきりで、ご飯を食べるのも覚束《おぼつか》ないような」

「少しは喋《しゃべ》れるようになったのかしら」

お菊は首を横に振り、

「喋ろうとするんですけど、たどたどしくて何を言ってるのか」

お夏は落胆の体《てい》で「そう」と言い、

「じゃ帰りに寄ってみる。お爺ちゃん、大福餅《だいふくもち》が好きだったわね」

お菊が目を輝かせ、

「へえ、きっと喜ぶと思います。お夏さんにはいつもお世話のかけっ放しですみません」

「いいのよ、無理しないでね」

「大丈夫です。旦那さんも見世の人たちもみんなやさしくしてくれますから」

女郎屋がやさしくしてくれるのは、その女郎の客受けがいいからにほかならない。

白菊を引き取るようにして、若い衆が一緒に去って行った
お夏は直次郎をうながしてお菊と別れ、横川《よこかわ》の川端《かわばた》を歩く。

「あの子ね、十五で女郎になったの。お父っつぁんがやくざ者で、博奕で大きな借金をこさえてにっちもさっちもゆかなくなった。途方に暮れてると、あの子が自分から

身を売るって言いだして。お蔭で難は免れたけど、お父っつぁんは自分を責めて、大《お》川《かわ》に身を投げようとしたのね。そこへあたしが行き合わせたってわけ」

「だったらおめえ、黒猫で稼いだ金で肩代りしてやったらよかったじゃねえか。それこそが義賊の面目だろうが」

「もうその時にはあの子は苦界《くがい》に身を沈めていたわ。そうしたらお父っつぁんの父親、つまりお爺ちゃんの儀助《ぎすけ》さんが孫娘を助け出そうと、どっかから舞い込んできた金になる話に乗っかったの」

「それがいけなかったんだな」

察しをつけて直次郎が言った。

お夏がうなずいて歩を進め、

「あ、ここよ。話のつづきはまた後で」

入江町からほど近い路地奥に、ひしゃげたような長屋があり、お夏は直次郎を誘って木戸から入って行く。

近隣で熱心に法華太鼓《ほっけだいこ》を叩く音が聞こえ、お夏は一軒の家の小窓を外からそっと開けてなかを覗いた。

うす暗い家のなか、夜具にくるまって一人の老人が寝ていた。目を瞑《つむ》ってはいても、寝ているのか起きているのかわからない。

「あの爺さんの世話は誰が焼いてるんだ」

「お菊ちゃんのお父っつぁんの時八《ときはち》さんよ。今はもうやくざの足を洗って、土手人足で働いている。朝早く家を出て、日が暮れるまで帰って来ない。帰って来ると時八さんは煮炊きを始めて、親子でご飯を食べるのよ。あたしはお菊ちゃんの知り合いってことにして、時々顔を出しているわ。昼間時八さんがいない時の世話は、長屋の人たちが焼いている」

二人は小声のやりとりになる。

「だったら今からでも遅くあるめえ。黒猫が悪党どもから巻き上げた金で、あの娘っ子を苦界から救ってやったらどうなんでえ」

「それができたらとっくにしてるわよ」

「できねえわけでもあるのか」

「断られたの」

「どっちに」

「両方に」

「そんなわけあるめえ。誰が好き好んで女郎なんかやるもんか」

「まずお菊ちゃんだけど、他人のあたしの施《ほどこ》しは受けたくないと。次にお父っつぁんの方も自分の仕出かした不始末なんだから、なんとしてでもまともに稼いだ金で娘を身請けしたいと、そう言うの」

「立派なお父っつぁんみてえだけど、それだったらなんで博奕に嵌《は》まっちまったんだい」

「そこが博奕の怖ろしいところなのね。お菊ちゃんにそのことを伝えたら、お父っつぁんが目を醒ましてくれて嬉しいって。年季はまだ大分あるけど、辛抱《しんぼう》するつもりらしいわ」

「なんかなあ、やるせねえ話だなあ」

直次郎がつくづくと溜息をつく。

「そこなのよ、あんたのいいとこは」

「あん？」

「あんたって人はちゃんとした人の血が通っている。やっぱりあたしの見込んだだけのことはあるわ」

「そりゃどうも、お褒めに与《あずか》れて幸いでござんした」

「あんた、本当に若殿なの？　そういう言い方、らしくないわよ。世馴れたいっぱしの遊び人みたい」

「構うもんか、若殿はもうきれいさっぱり捨てたんだ」

お夏は直次郎と共に長屋から離れ、

「暗くなったらお父っつぁんの時八さんが帰って来るから、話を聞いてやって。ゆうべ遅かったのは、時八さんといろいろ話していたからなの」

直次郎が待ったをかけるようにして、

「ちょい待てよ、そりゃわかるがよ、女郎の親子の件と榊原がどうやってつながるんだ」

「心配しないで、ちゃんとつながるから」

七

時八が帰って来て長屋で煮炊きを始め、父親の儀助と共に飯を食い、それが終わる頃にお夏が顔を出して時八を外へ誘った。その時、途中で買った大福餅の包みを時八に手渡した。

時八は渡世人であったことが嘘のような変わりようで、どこから見ても実直な堅気の人間にしか見えない。娘を苦界に沈めさせたことがよほど応えたらしく、身も心も悔い改めた様子が伝わってくる。衣服も労働で汚れたままのものを着ている。

お夏から直次郎を引き合わされても、言葉少なにうなずくばかりで、時八は極めてもの静かなのである。感謝の顔で、大福餅の包みを後生大事にふところに収めた。帰ってから儀助に食べさせるつもりなのだ。

二人して近くの小料理屋へ行き、待たせていた直次郎と小部屋に落ち着いた。

直次郎とお夏が酒料理を口に運ぶも、時八は酒は金輪際《こんりんざい》やめたと言って頑《かたくな》に断り、飯は済ませてきたから茶だけを飲んでいる。

「それじゃ時八さん、話を聞かせて貰うよ。あんたのお父っつぁんは、どんなうめえ話に乗せられたんだい」

直次郎の問いに、時八は答える。

「三年めえのことでして、その前の年に嬶《かか》ぁに死なれて、あっしは自棄《やけ》のやん八《ぱち》で博奕にのめり込んでおりやした。賭場《とば》で借金をこさえた揚句《あげく》、すったもんだがあって、押込みでもやらなきゃならねえようなとこまで追い詰められたんでさ。娘がそれを知って、女郎屋に身を売るって言いだした時、ようやく目が醒めやした。けどもう取り返しはつかねえ。娘の言うことを受け入れるしかなかったんでさ。お父っつぁんはしがねえ絵草子《えぞうし》売りをしておりやしたが、お菊をなんとかしねえといけねえと、焦ってあっちこっち駆けずり廻ってくれたんで」

時八は茶を啜り、

「お菊が桔梗屋にへえって半年ほどした頃、お父っつぁんが目の色を変えてあっしの前へ来て、大枚の金になる話を聞きつけたんでこれからそこへ行って来る、三月《みつき》ほどけえれねえがしんぺえはいらねえと、こう言ったんですよ」

直次郎が問うた。

「仕事の中身は聞かなかったのかい」

「あっしが聞いても、口止めされているからとお父っつぁんは言わねえんでさ。次の日に旅支度で出て行きやした」

「行く先は」

さらに直次郎だ。

「あっしには武州《ぶしゅう》の蕨宿《わらびしゅく》だとしか」

お夏が直次郎の袖を引き、時八に「ちょっと御免なさいよ」と言っておき、小声で告げる。

「蕨宿の隣りに三蔵村《さんぞうむら》ってのがあってね、そこいら一帯は榊原の知行所の一つなのよ」

　直次郎の目に光が走った。

「そうかいそうかい、やっと榊原の名めえが出て来たな。いつそこへ辿り着くかと気を揉んだぜ」

　武士の俸禄《ほうろく》には、知行取りと蔵米取りの二つがある。知行取りは采地《さいち》である一定の知行所を与えられ、その土地の百姓から所定の年貢米《ねんぐまい》を収納する。上級武士の多くが知行を貰い、それ以下の下級武士は幕府から下された米切手《こめきって》を、蔵前《くらまえ》の札差《ふださし》の元へ持参して換金する。それを蔵米取りという。

「榊原はね、三蔵村だけじゃなく、ほかにも七つか八つの知行所を持っているのよ」

　大御番頭榊原主計頭は五千石の大身ゆえ、かなりの実入りがあることになる。

「で、儀助さんはうめえ話を聞かされて、三蔵村まで出稼ぎに行ったんだな」

「そうなの」

　お夏が再び直次郎と共に時八の前へ戻り、

「時八さん、この人に話のつづきをお願いします」

　時八はうなずき、

「蕨宿三蔵村の百姓総代庄兵衛《しょうべえ》、という人の名めえだけは聞いたんですが、お父っつぁんはそれ以外のことは教えちゃくれやせんでした。ともかくその庄兵衛さんが江戸へ出て来て、大勢の人足を掻き集めて国へ連れてったんでさ。ところが三月《みつき》が過ぎて四月《よつき》が経っても音沙汰《おとさた》なしで、しんぺえになって蕨まで行ってみようかとしておりやしたら……」

「どうしなすった」

直次郎が思わず身を乗り出した。

時八は急に暗い顔になり、もごもごと口籠《くちご》もって、何を言っているのか要領を得なくなった。

「時八さん」

時八の手を取って揺さぶる直次郎を、お夏が止めて、

「もういいわ、直さん。そっから先はあたしが。何度も聞いてる話だから」

八

阿弥陀長屋へ戻った時は、すっかり辺りが暗くなっていた。

お夏は直次郎を伴い、自分の家へ上がるなり、火を灯してすぐに話のつづきを始め

た。

「時八さんが蕨宿の近くまで来ると、街道の祠《ほこら》ン所に儀助さんが腰掛けてぼんやりしてたんだって。それは本当に偶然で、ひどい有様だったようなの。着物はボロボロで躰中に打擲《ちょうちゃく》されたような痕《あと》があって、ひと目で半殺しにされたのがわかったらしいわ。でもいくら尋ねても儀助さんの口からはろくな答えが返ってこなくって、何があったのかわからないから宿場の人に聞いて廻ったんだって。儀助さんは半月ぐらい前に行き倒れみたいにして村に現れ、土地の人が何を聞いてもやっぱりろくに答えられない。どこの誰ともわからないから、宿役人や土地の人で面倒を見ていたみたいね」

「それで時八さんが引き取って、江戸まで連れて来たんだな。けどそれじゃ女郎の娘は救い出せねえ」

「そうなんだけど、儀助さんの様子はずっと変わらなくって、医者に診せても首を傾《かし》げるばかりらしい。きっと何かひどいことがあって、心をなくしちまったのよ」

「いってえ何があったんだ」

「儀助さんの様子があれじゃ何もわからないわ。でもね、榊原の知行所ってところがあたしはひっかかって、それで調べてたのよ。あんたの言う通り確かに榊原は評判のいい人だけど、それは見せかけで、調べれば調べるほど……」

「どうなんでえ」

お夏は考え深い目になって、

「榊原は色好みで金遣いの荒い人だったの。大酒飲みで、料理なんかも一流のものしか口にしない。だから五千石の大身とはいえ、お大名並の暮らしをして無理をしている。検校《けんぎょう》なんかから金を借りて、その返済を迫られても応じないでいる。だから検校は人を使って脅したりすかしたりするんだけど、榊原はへっちゃらなのね」

「マズいんじゃねえのか、そういうことが表沙汰ンなったら。大御番頭っていったら、将軍をお護りする大事なお役だろうが」

お夏がうなずき、

「でもね、今はみんななかったことに」

「どういうことだ」

「ある晩、検校の土左衛門《どざえもん》が両国橋《りょうごくばし》から落ちて大川に上がったのよ」

「なんだって」

直次郎が色を変える。

「酒に酔って足を踏み外してドボン、てことになっている」

「榊原の仕業《しわざ》なんだな」

「たぶんね。でも誰も見た人がいない。事件当夜、榊原はご老中のお供をして吉原《よしわら》にいたわ。花魁《おいらん》から何から、みんなが見ている」

「刺客なんざ幾らもいるだろ」

「家来は強者揃《つわものぞろ》いよ」

「そういう奴がおのれの手を汚すわきゃねえんだ」

「わかっている。だから黒猫様が放っとけなくなったの」

「検校からどのくれえ借りてたんだ」

「五百とか、六百とか」

「くそっ、それがチャラかよ」

「それだけじゃない、榊原はほかからも借りてるのよ」

「まさか、みんな土左衛門になっちまったんじゃあるめえな」

「ううん、それが妙なの」

　お夏がジラすように言う。

「勿体《もったい》ぶるなよ」

「検校の土左衛門が上がってからというもの、ほかの金貸し連中はぴたっと静かになっちまった。たぶん榊原が怖ろしくなったんじゃないかしら。それ以来、矢のような催促の悶着はなくなったわ。でも借金していることに変わりはないから、榊原としては躰のどこかに病気を持ってるようなもんでしょ。金は作らなくてはいけないと、焦ってると思う」

「それで蕨宿だな」

「察しがいいわね。あたしも儀助さんの件からそこに目をつけた。これからそれを確かめに行くつもりよ、直さん」

「確かめに行くったって、おめえ」

「あたしたち、相棒でしょ」

「ええっ、いつから」

「たった今よ。嫌ならあたし一人でやるわ」

「いいよ、わかったぜ。こうなったら鬼でも蛇でももって来やがれって気分だな」

「でも旅籠《はたご》の部屋は別々よ」

直次郎が目を慌てさせる。

「と、当然だろう。大家と店子がおなじ部屋ってわけにゃゆくめえ」

「本当にそう思ってる？」

「おれを疑るのか」

「信じてる」

「部屋は別々だけど湯は一緒にへえるとか、そういうのは駄目か」

「やっぱり旅はあたし一人で」

「待て待て、冗談だよ。それじゃ善は急げだぜ、明日出立《しゅったつ》だ」

「よろしく」

直次郎が立ちかけると、油障子に人影が差し、静かに戸が開けられた。

土間に立ったのは天狗政こと政吉、丸坊主の所化の岳全、墓守の捨三だ。三人が並ぶと貧乏神が大挙して訪ねて来たようだ。

直次郎とお夏が慌てる。

「な、なんだい、おまえさんたち。時と場所をわきまえとくれ。話なら明日聞くよ」

お夏が言うと、政吉はせせら笑って、

「黒猫の姐さん、おめえさんに話があるぜ」

図太い口調でそう言ったのである。

第四章　三蔵村《さんぞうむら》の惨劇

一

黒猫と言われても、慌てず騒がず、お夏は努《つと》めて冷静に政吉、岳全、捨三の三人を見迎えた。

直次郎の方は思わぬなりゆきに、お夏の背後に神妙に控えて様子を窺《うかが》うことにした。

政吉がお夏を黒猫と言うからには、それなりに確たるものがあるはずである。

三人は許しも得ずに上がり込み、お夏の前に座して居並んだ。暫《しば》くお夏を凝視《ぎょうし》する。

お夏は少し威圧感を覚え、緊張しながら、

「おまえさん方、たった今あたしのことを黒猫と言いなすったけど、黒猫っていったら天下を騒がせているあの黒猫のことよねえ。いったいどんな心づもりでそんなことを言うのかしら。寝耳に水としか言いようがないんだけど」

落ち着いた口調で、しかしつけ入らせまいと、お夏は政吉を正視して言った。負けるものかという表情になっている。

「言い掛かりなんかじゃねえんだぜ、お夏さん。こちとら動かぬ証拠をつかんでるんだ」

政吉が言い、岳全らと含みのある視線を交わした。はったりをかます腹づもりなのか。

お夏はあくまで平静を装い、

「どんな証拠か言って貰いましょうか。事と次第によっちゃおまえさんたちを三人ひと纏《まと》めにして訴人《そにん》することだってできるんだ。さあ、言っとくれな」

政吉が不敵な笑みを浮かべた。

「黒猫が出始めたなこの一、二年のこった。貧乏人に金をばら撒《ま》いてやんやの喝采《かっさい》を浴びていい気ンなっていやがるなと、初めおれたちゃそう思ってやっかんでいた。やっかむ理由はおれっちの所にゃちっとも恵みの小判の雨が降らねえからよ。それもそのはずだぜ。おれっちの住む長屋の大家が黒猫だったんだからな。いくら黒猫だっててめえン所の長屋にゃ小判をばら撒くめえ」

さらに岳全が継《つ》いで、

「三月《みつき》前にわしは見た」

お夏の視線がさっと岳全に移った。

「おまえさんが夜の夜中に黒装束で帰って来て、おのれの家へ入って行った。ややあっていつもの大家になったおまえさんが姿を現して、井戸の水を使いおった。あの時はたまげたのう。次の日になってあっちこっち聞いて廻ったら、築地《つきじ》の方の大旗本の屋敷に賊が入って大枚を盗んだそうな。あれはおまえさんの仕業であろうが」

お夏の表情はピクリとも動かない。

捨三が欠けた前歯でしっしっと笑い、

「おまえさんはうまくやってきたつもりだろうが、自分ン所の店子《たなこ》を甘く見ていたんじゃねえのか。こういうの、上手《じょうず》の手から水が漏れると言うんだぜ。岳全さんははっきり見ちまった。もう言い逃れはできめえ」

お夏と直次郎は無言でいる。

再び政吉が言う。

「それからおれたちは結託してな、おめえさんの動きをじっと見張るようになったのよ。家で何をしているか、今日はどこへ出掛けたか、逐一《ちくいち》見張りつづけるうちにまたおまえさんはボロを出した。先月の末に三味線堀《しゃみせんぼり》の旗本の屋敷に忍び込んで、十両の盗みを働きやがった。あの時岳全さんは寺に詰めて動きがとれなかったが、暇なおれと捨三とでおめえさんの艶姿《あですがた》を目にしたぜ」

「あれを艶姿って言うかなあ」

捨三の言葉に、政吉は答える。

「あれを艶姿と言わねえでなんと言う。屋敷の大屋根にすっくと立ったお夏さんの姿には惚れぼれとしたぞ。思わずやんやの声を掛けたくなった」

「ふむ、まあ、ならそういうことにしておこう」

捨三が言って、お夏へ身を乗り出し、

「それでよ、こういうことンなった。三人で談合して決めたのよ。おれたちゃおまえさんの裏の顔についちゃ口を閉じることにした。お上へ訴えたって一文の得にもなるめえ。精々が褒美《ほうび》の金一封でちょんだろう。それよりもっといい方法を考えついたんだ」

お夏が皮肉な笑みになり、

「お上へ訴えたってまともにゃ扱ってくれないと思うわ。だっておまえさんたちゃみんな前非《ぜんぴ》持ちじゃないか。知らないと思っていたのかい、どっこいそうはいかないね、あたしゃみんな調べて知ってるんだ。寄場《よせば》帰り、破戒僧《はかいそう》、置き引き、三人とも大した罪は犯しちゃいないけど、決して褒められるこっちゃないさね。それが役人の前へ出てあたしを訴えるって？　前非のある身で何をほざきやがる、図々しいにもほどがあるって言われておしまいだわ」

三人は出鼻を挫《くじ》かれた顔で見交わす。

お夏が言い募る。

「それに見た見たって言うけど、そんなんじゃ駄目ね。今言った動かぬ証拠ってのを聞こうじゃないか」

「そいつぁ……」

政吉がつぶやき、捨三と共に途方に暮れる思いで見交わした。やはりはったりなのだ。

すると岳全だけが負けじと顔を上げ、

「証拠などなくとも、わしら三人が連座して訴えれば、役人のなかには耳を貸す輩《やから》もおろうぞ。神妙に致すんじゃな」

政吉が岳全を止めて、

「ち、ちょい待て、岳全さん。おれたちゃ何もお夏さんを訴えてえわけじゃねえんだ。この一世一代の秘密を握って、三人の暮らしをよくするのが狙いなんだ。そこんところ、履《は》き違えねえでくれよ」

　岳全はポンと拳《こぶし》を打つと、

「おお、そうであった。忘れておった。お夏さんをとっちめるよりも、このことでわしらは浮かぶ瀬をつかむんじゃったな」

「やっと本性が出たね、あたしをゆするつもりかえ」

　お夏の頬に余裕の笑みが戻った。

　岳全がもじもじとして、

「ゆするというと聞こえは悪いが、つまりじゃな、ここの店賃《たなちん》を一生免除して貰いたい。それと後は、月々少しばかりの手当てを。そうして下さるとわしらの暮らしはずうっとよくなる。どうかな、それで手を打ってくれんかの」

　お夏が黙り込むと、そこでようやく直次郎が口を開いた。

「お夏さんが本当に黒猫ならともかく、お夏さん、この人たちの言うことを聞いたらいけねえぜ。黒猫だってことを認めることになっちまわあ」

　三人は気色《けしき》ばみ、直次郎を睨んで、

「やい、この若造、余計なことを言うもんじゃねえ。昨日今日の新顔のくせしやがってしゃしゃり出るな。でえちおめえ、なんだってここにいるんだ。お夏さんとなんの話をしていた」

政吉が吼《ほ》え立てると、直次郎がケツをまくった。

「やかましいや、人が下手《したて》に出てりゃつけ上がりやがって。おれぁ欲得ずくじゃなくお夏さんとつき合ってるんだ。おめえさん方みてえな虫のいい頼み事なんかしてねえぞ。お夏さんの代りに言ってやらあ、今日を限りにこっから出て行きやがれ」

腕まくりして三人を睨み据えた。

するとお夏が直次郎を止めて、

「直さん、ちょっと待っとくれ、あたしに考えがあるんだ」

三人を見廻すと、

「政吉さん、おまえさんは無職渡世《ぶしょくとせい》で躰《からだ》を張って生きてるけど、実入《みい》りはほとんどない素寒貧《すかんぴん》だ。かみさんは呆れ返って子供を連れて出てっちまった。その日のおまんまにもありつけるかどうかって暮らしぶりだよね」

政吉は口籠《くちご》もるも、何も言えない。

「岳全さんは女犯《にょぼん》破戒の罪を犯して坊主の身分を剝《は》ぎ取られたんだけど、ほかに生きてく術《すべ》もなくって、今のお寺に拾われてお情けで置いて貰ってる。だからいつも風前の灯《ともしび》で暮らしてるんだ」

「確かにわしゃ大罪を犯したが、あれは相手から誘われたんじゃよ。見ての通りの色男じゃからな。もうああいうことは致さぬと誓っている。本当じゃ、信じてくれんかの」

（どこが色男なのよ、うらなり瓢簞《ひょうたん》みたいな顔して）

岳全など無視して、お夏はハッタと捨三を見据え、

「捨三さんは置き引きのかっぱらいだ。これまで何度も捕まって五十敲《たた》き、百敲きの仕置《しお》きを受けている。盗み癖はよくないよ」

「おめえさんに言われたくねえが、その通りだ。おれの手癖の悪いのは八歳の時からなんだよ。すまねえ」

お夏は直次郎を見て、

「直さん、あたしが何考えてるかわかる」

「わかるもんかよ、おめえの胸の内なんざ。この三人をどうしようってんだ」

「仲間に引き入れるのさ。あたしが食わせてやって子分にするんだよ。若いあたしに比べて随分とひねて年食った子分たちだけど、それなりに使い道はあるはずだわ。だ

ってそうでもしないと、この人たちの口封じをしなくちゃならないでしょ。なるべく人殺しはしたくないからさ」

人殺しと聞いて、三人が怯《おび》えてザザッと膝で下がった。

「て、てえことはおめえ、いや、おめえさんはやっぱり黒猫だったのか」

政吉が言い、岳全は青くなった。

だが捨三は半信半疑の体《てい》で、

「ほ、本当にそうだったのかよ、信じられねえぜ、お夏さん」

「この期《ご》に及んで何を言ってるのさ、じたばたするんじゃないよ」

言い放つや、お夏は立って行って押入れを開け、布団の下に忍ばせた匕首《あいくち》を持って来ると鞘《さや》走《ばし》らせて白刃を抜き、三人の前にざっくり突き立てたのである。

三人が悲鳴を上げたのは言うまでもない。

二

中仙道蕨宿は板橋宿《いたばししゆく》よりわずか二里八丁だから、旅というほどの旅ではない。ゆえに仰々《ぎようぎよう》しい旅支度をせずとも、手荷物一つで充分事足りる。

それでも面体《めんてい》は隠した方がよいから、直次郎とお夏は菅笠《すげがさ》を被《かぶ》り、小荷物を首に巻き、ふところに幾らかの路銀を忍ばせた身軽ないでたちで街道へ繰り出した。

用心のため、直次郎は道中差《どうちゆうざし》を落とし差しにしている。

真冬の空はどこまでも青々と澄み渡っていた。

中仙道は六十九駅あり、なかでも蕨宿は機織《はたおり》が盛んで、小駅ながら本陣《ほんじん》、脇本陣《わきほんじん》、問屋場《といやば》が備わっている。機織が経済を活性させ、旅籠《はたご》では大勢の飯盛女《めしもりおんな》を抱えている。飯盛女は女中仕事の合間に春を鬻《ひさ》ぐのだ。

また宿場の近くを荒川《あらかわ》があらくれてのたうち流れ、大雨の時期がくるとよく洪水に見舞われるという。

日が暮れる頃、二人は蕨宿に着到した。本陣は二、脇本陣は一、戸数は三百軒余、旅籠は大小取り混ぜて二十数軒ほど並んでいる。

そのうちの一軒の『柊屋《ひいらぎや》』に投宿し、他人同士ゆえ、当然ながら部屋は二つを取った。

宿は大勢の客で混み合っていて、二部屋は無理なので相部屋にしてくれと番頭に言われたが、お夏が袖の下をつかませて要求を呑んで貰った。

直次郎とお夏は湯を浴び、お夏の部屋でまずは共に飯を食べることになった。

宿は猫の手も借りたいほどだから、直次郎は女中の手を煩《わずら》わせるのを避け、身軽に動いて台所で箱膳を二つ重ねにし、もう一往復して何本かの酒と肴《さかな》を調達した。ところが膳を調《ととの》えて来ると部屋はがらんとしていて、さっきまでいたお夏の姿がない。どこへ出掛けたものか、手持ち無沙汰《ぶさた》で直次郎が一、二杯飲んでいると、お夏が慌ただしい様子で戻って来た。

「直さん、天はあたしたちの味方をしてくれているみたいよ」

「おう、どうしたい」

まずはやりねえと、直次郎が酌《しゃく》をして、お夏がキュッと飲み、すかさずお返しをして、

「榊原の知行所のことに詳しい人が見つかったわ。問屋役《といややく》と呼ばれる増右衛門《ますえもん》という爺《じい》さんなの」

問屋場は人馬継立《じんばつぎた》ての一切の事務を取り扱い、帳場を持って貫目改《かんめあらた》めを行い、往来する旅人を検査するのがその任だ。上に立つのは道中奉行《どうちゅうぶぎょう》を兼務した大目付《おおめつけ》である。

問屋場には宿役人《しゅくやくにん》と称する者たちがいて、問屋役、年寄、帳付け、人足指し、馬指し、迎え番などが揃っている。

長である問屋役を務めるのは土地の古老が多く、名誉職とされている。

どうやらお夏が渡りをつけた増右衛門という人も古老らしく、問屋役で、最前、窓の下まで来て呼ばれ、明日の打ち合わせをした。

それでお夏は下へ降りて行き、増右衛門と会っていたのだ。

「お夏、幸先よくって、なんだかおれも嬉しいぜ」

「これはね、きっと天が榊原の悪事を暴《あば》いてくれって言っているのよ。そうに決まってるわ」

「どんな悪事なんだ」

「皆目《かいもく》わからないけど、かならず暴いてみせる」

二人の脳裡《のうり》に、衝撃の出来事で言葉が喋《しゃべ》れず、寝たきりとなった儀助の姿が浮かんだ。

飲むほどに酔うほどに、お夏は饒舌《じょうぜつ》になってきて、

「あの人たち、あたしの頼んだことうまくやってくれてるかしら。それが心配でならないわ」

あの人たちとは、政吉、岳全、捨三のことである。直次郎とお夏が中仙道へ出て調べものをする間、三人には榊原の屋敷の周辺を探るように頼んだ。どんな些細《ささい》なことでもいいから、聞き漏らしてくれるなと、お夏は念押しして直次郎と旅に出たのだ。

「まっ、人ってな使ってみねえことにゃわからねえからな、希《のぞ》み半分でいようぜ。ぼんくらじゃねえといいんだがな」

「あたしのふた親の話をするわね」

不意にお夏が話題を変えた。

「な、なんだよ、急に」

「聞いて欲しいの、直さんに」

「わかった、聞くぜ」

直次郎は座り直して聞く態勢に入る。

正直なところ、お夏という女がまだよくわからないでいた。若後家というのは直次郎を牽制《けんせい》するための真っ赤な嘘で、本当はまだ乙女だという。それもどこまで信じていいものやら。口八丁手八丁《くちはっちょうてはっちょう》ではあるようだが、お夏がそんな強《したた》か女にも思えない。時折純なところも垣間見えるのだ。

直次郎が郷里で接した女のなかに、お夏のような女はいなかった。さすがに江戸は広いのである。

そうして直次郎自身にも変化が起きて、初めの頃のお夏への懐疑《かいぎ》も今ではなくなっている。気持ちがお夏に傾きかけているのが、自分でもわかった。今の関係がつづく限り、男女の垣根を越え、よき相棒であり、また時には好敵手でもあることを願った。

酔いが廻ってきて、顔を赤くしたお夏が語りだした。

「あたしのふた親はね、本当に善人の塊《かたまり》だったわ。お父っつぁんは指物師《さしものし》をやっていて、おっ母さんも働き者だったから、洗濯女をしながら家事もこなしていた。兄さんの熊蔵はあたしが子供の頃に少しばかり曲がったことをして、家を飛び出しちまった。あいつは駄目な奴なの。結局は親の死に目にも会えなかったんだから」

「曲がったことってな、いってえ何をやらかしたんだ」

「大それたことじゃないわ。やくざとつながりを持ってね、賭場《とば》の見張り役や使い走りをやっていたの。そのうち悶着が起きて、兄さん、相手に怪我を負わせて逃げたの。それっきり何年も会ってなかった。再会したのは二、三年前よ。ボロボロになって物乞《ものご》い同然の姿だった。あたしに詫びたけどすぐには許さなかった。ふた親のお墓の前に連れてって、そこでまず謝らせた。昔よりはましな人間になっていたから、たった一人の身内だし、お父っつぁんの残してくれた銭をはたいて、売りに出ていた古道具屋を買い取って面倒を見てやることにした。それが古狸屋よ」

「それじゃ熊蔵さんはおめえに頭が上がらねえな」

「そういうことになるわ」

「で、ふた親の善人ぶりってのを聞こうじゃねえか」

「善人の塊ってのは、しょっちゅう人に騙《だま》されたのね。お父っつぁん金廻りが多少はよかったんで、人がよく金を借りに来て、その人たちの言う作り話を疑りもせずにいちいちまともに聞いてやって、用立てて上げるの。後でそれが騙しだとわかっても、ふた親はまだ半信半疑で、信じられないと。そのうちきっと返してくれると言ってるのを見て、子供心にも呆《あき》れてものが言えなかった。そういうことが何度もつづいて、大枚をむしり取られた揚句《あげく》、お父っつぁんもおっ母さんもしまいには病気ンなっちまった。でもこっちが苦しい思いをしてるってのに、騙して逃げた奴らは誰一人として金を返しに来なかった」

「つれえ話だぜ、そんなもんかなあ」

直次郎は腕組みして考え込む。

「そんなもんじゃ済まないわよ。借りて返さない人たちは、一生逃げつづけなくちゃいけないじゃない。あたしには到底無理ね、そんな人生」

お夏が酔ってきて、カクッと首が垂れ、そのまま後ろ向きに倒れた。

「おっ、いけねえ、でえ丈夫かよ」

直次郎が抱きとめると、お夏はその腕を邪険《じゃけん》に振り払い、

「いいから、あっちへ行って。やらしいんだから、もう」

「何をほざきやがる、おれぁおめえの身をしんぺえしてるだけだぜ」

「黙れ、直公《なおこう》。あたしを独りにして」

お夏は膝で這って、ふらふらしながら自分の寝床を作り、そのなかへドサッと倒れ込んだ。すぐに目を閉じ、眠りに入る。

「チェッ、まったく、これだもんなあ」

愚痴《ぐち》りながら直次郎が出て行きかけると、お夏がむにゃむにゃと寝言を言った。

「ありがと、直さん」

「はあ？」

「頼りにしてるわよ」

そうしてお夏は別世界へ行ってしまった。

その罪のない寝顔を見ながら、直次郎は苦笑を禁じ得ない。ほんわかとした気分が心地よく、

「お寝みよ、お夏さん」

ひとりごち、静かに部屋を出た。

三

お吟が狐顔《きつねがお》を笑わせると、えもいわれぬ年増女の色香がこぼれ出た。真っ赤な紅《べに》を引いた唇が蠱惑的《こわくてき》だ。

その前に座しているのは、羅門鵺太夫である。

二人は屋根船に乗って船宿を出ると、ゆったりと夜の大川を漂っている。同乗しているのは船頭だけで、供の姿はない。お吟が遠ざけたのだ。

「羅門殿とやら、近年これほど驚いたことはないぞえ。わたくしが募った警護役のなかにその方《ほう》がおり、それがなんと萩尾藩元側室小陸殿に雇われていた身だったとは。偶然と申さば出来過ぎの感があるのう。まさかその方の策略ではあるまいな」

鵺太夫が呵々大笑《かかたいしょう》する。

「お吟殿に邂逅《かいこう》致すになんの策謀が要りましょうや。それがしとお吟殿は出会うべくして出会うたのでござるよ。自然のなりゆきと思《おぼ》しめし下され」

お吟は追憶の目になり、

「小陸殿とは旅の道すがらに知り合うて、とても仲良しになりましたのじゃ。されど今はどこでどうしているのやら……」

そこで鵺太夫はがらっと態度を一変させ、

「小陸殿は野面《のづら》で果て、骨になり申した」

「えっ」

お吟が少なからず動揺する。

「今なんと申した。なぜ小陸殿の末路を知っているのじゃ」

「この目で見たのでござる。小陸殿はむごたらしくも焼死体となってしまわれた。察するに手に掛けしは、あなたでござろう」

お吟は狼狽《ろうばい》する。

「何を証拠に。そなた、わたくしを脅す所存なのか。どうなのじゃ。有体《ありてい》に申すがよい」

居丈高《いたけだか》になって言った。

すると鵺太夫は手の平を返したような猫撫《ねこな》で声になり、

「ああ、いやいや、そんなつもりは毛頭ござらぬゆえ、ご安心を。それがし、主《あるじ》をなくしてさまよい、江戸へ流れてきて食い詰めており申した。浪々の身に浮世の風は冷《は》とうござってな、そこへ榊原家のお側女殿が警護役を募っておられ、渡りに船と馳せ参じ、そこ元の素性を聞いて驚愕《きょうがく》致しました。街道で小陸殿の消息を訪ね歩くうちに、何度もお吟殿の名を耳にしており申した」

「ではわたくしを追って参ったのか」

鵺太夫はかぶりを振り、

「違いまする。これぞまさしく奇縁《きえん》と申すものでござろう。お吟殿とは強い縁《えにし》に結ばれているのでは」

どこまでが真なのか、籠絡《ろうらく》されているような気分になり、鵺太夫の真意が図りかねてお吟の気持ちは穏やかではなかった。しかし手練《てだれ》らしきこの男をどうしても警護役に就《つ》けようと、お吟は歩み寄りを見せて、

「そこでは話が遠い、もそっと近くへ参れ」

「ははっ」

鵺太夫が膝行《しっこう》してお吟から酌をされ、盃を干すと、

「ひとつお尋ね致したい」

「はて、何かな、みだりに申せぬこともあるが」

「小陸殿の死に様ござるよ。何ゆえお吟殿が手に掛けしか、そこのところをお聞かせ願いたい。不都合と申されるなら無理強《むりじ》いは致さぬが」

　お吟は一点を凝視して、すぐには口を開かない。

「如何《いか》に、お吟殿」

　鵺太夫に詰め寄られ、お吟は嫌悪の表情になって、

「申せぬ。小陸殿のことは二度と口にしたくない。その方も聞くでない」

　お吟の強い口調に、鵺太夫は目を慌てさせて頭を下げ、

「左様か、それなら……」

「よいな、それで」

「はっ」

「ならばわたくしの方からも話が」

「なんなりとお申し付けを」

「暗殺を頼めるかな」

「暗殺……」

　鵺太夫が表情を引き締める。

「それはやぶさかではござらぬが、相手は」

「もそっと寄れ」

　言われるまま、鵺太夫はお吟に接近する。

お吟がその耳に何事か囁《ささや》く。

押し黙って聞いていた鵺太夫の表情が不意に揺らいだ。お吟が鵺太夫の耳朶《じだ》をちろりと舐《な》め、噛《か》んだのだ。次いで着物の前を割り、しなやかなお吟の手が鵺太夫の股間へ差し入れられた。

「お吟殿……」

つぶやく鵺太夫の口が、お吟のそれに塞がれた。

船が船着場に着岸し、船頭が手を添えてお吟が下船した。

夜霧の彼方にお吟の供の者数人の影が見えていて、駕籠《かご》脇に控えていた陸尺《ろくしゃく》が二人、こっちへ迎えに来た。

お吟がふっと見返ると、すでに鵺太夫は消えていた。供の者たちに見られることを危惧《きぐ》したので、お吟は安堵して供の方へ去った。

それ以前に鵺太夫は下船しており、暗闇からお吟を見送り、やがて歩きだした。

お吟の方から媾《まぐわ》いを求めてきたので、それに応じたものの、熟《う》れた年増女の躰は百戦錬磨《せんれんま》の鵺太夫をも夢中にさせた。くどい料理を食った後の飽満感に似ていた。暗殺を囁くお吟は悪婆《あくば》には違いないが、媾ったことで鵺太夫は、男心をとろかされる思いを味わった。

暗い道を突き進む鵺太夫が、突如刀の鯉口《こいぐち》を切った。四方へ殺気だった目を走らせていたが、勘をつけた方向へ突っ走った。

その先に潜《ひそ》んでいた数人の影があたふたと散らばり、逃げを打った。政吉、岳全、捨三の三人だ。

彼らは黒猫の手下になったつもりでいるから、全員が黒装束に身を固め、黒の盗《ぬす》っ人被《とかぶ》りをしている。

榊原の屋敷を見張っていて、お吟が駕籠で出掛けたので尾行して来て、船が船宿を出ても河岸沿いにずっと追跡していたのである。

そうしてお吟が船のなかで密会していた鵺太夫を怪しい奴と思い、後をつけることにしたのだ。

草むらを掻き分けて猛然と走る鵺太夫が、岳全に追いついて後ろから襟首《えりくび》をつかんだ。

「ひえっ」

岳全は青くなり、生きた心地がせずに必死でもがく。

「坊主、なぜわしを。どこからつけて来た。誰の差し金だ」

鵺太夫が岳全を締め上げた。

「か、勘違いをしているようじゃ。愚僧はそこ元の尾行などしておらぬ。放して下され」

「ええい、ならぬ、白状致せ。さもなくば斬るまでじゃ」

「うははっ」

岳全が恐怖の声を挙げる。

政吉と捨三が岳全を救おうと、鵺太夫の背後に忍び寄って来た。政吉は丸太ん棒を、捨三はひと抱えの石を持っていて、鵺太夫に襲いかかった。

「うっ」

石で後頭部を打たれ、鵺太夫がよろめく。

その隙に政吉が岳全の手を引き、捨三と共に逃げ去った。

四

古老の増右衛門は大百姓で、翌朝に訪ねて来た直次郎とお夏を茶室に招じ入れた。

母屋の方では幼い子たちの騒ぐ声がしているから、何人かの孫がいるものと思われた。

　田舎にしては風雅《ふうが》な拵《こしら》えの茶室で、増右衛門は田舎饅頭《いなかまんじゆう》を振る舞い、手ずから茶を淹《い》れて、

「榊原の殿様は滅多《めった》に当地へ参られん。このわしとてご尊顔を拝したのは、もう三年も前のことになる。さぞお役がお忙しいんじゃろう」

　小柄で老いた猿のような増右衛門が言う。好々爺然《こうこうやぜん》とした老人だ。

「その殿様が江戸で七、八人の人足を雇い入れまして、三蔵村って所で何か仕事をやらせたはずなんですけど、問屋役さんは知ってましたか」

　お夏がわけありそうに問うた。

　すると増右衛門は小さな目をキラッと光らせ、

「ああ、そのことか、むろん知らいでか。それについてはわしも不審に思うておってな、陰ながら見ておったんじゃよ」

　直次郎が身を乗り出し、

「どんな仕事にしろ、江戸でわざわざ人足を雇って送り込まなくとも、ご当地なら人手はいくらもいますよね、ご老体」

「おまえさんは元は武家かな」

「へっ、それは」

「老人をご老体と呼ぶのは如何にもの武士の言い方じゃ。違うかの」

「は、はい、まあ……」

直次郎としては曖昧に答えるしかない。

確かに増右衛門の言う通りに、武士は老人をご老体と呼ぶのだ。

お夏が引き取って、

「問屋役さん、あたしたちの詮索《せんさく》はさておきまして、人足の話に戻りましょう。江戸から呼んだ人足たちはまずどこに留め置かれたんですか」

「人足は全部で八人おった。年寄も若いのも混ざっておったの。榊原家の用人白鳥主膳《しらとりしゅぜん》様に頼まれ、わしン所の作事小屋を貸した。飯も酒の世話もしたんじゃよ。まっ、法外な礼金は貰うたがな」

「仕事はいってえなんだったんですか」

「さあ、そこじゃ」

これは直次郎だ。

増右衛門は渋茶を啜《すす》り、

「よほど秘密の仕事らしく、わしらには一切明かさず、二月《ふたつき》の間八人は森に籠もって黙々と働いておった。鋤《すき》や鍬《くわ》をかならず持っていたから、山ンなかで何かを掘り出す仕事のようじゃったの。それを白鳥様と何人かのご家来衆が見張っておったわ」

「掘り出す？」

お夏が言って、直次郎と見交わし、

「問屋役さん、何か大事なものでも埋められていたんでしょうか。それを探すために森のなかを掘り返していたとか」

「そうとしか考えられんが、白鳥様らは人足たちから片時も離れなかったからの、わしらには近づくことができなかった」

「それで、三月目《みつき》に探し物は見つかったんですね」

直次郎が問うと、増右衛門は答える。

「どうもそのようなんだが、八人はいつの間にかいなくなって、江戸へ帰ったようじゃった。いつの間にかということは、挨拶も何もなしにということじゃ」

「白鳥様もそのまま けえったんですか」

直次郎の言葉に、増右衛門がうなずき、

「ああ、そうじゃ。ひとかどの武士なんじゃから、ひと言ぐらい挨拶をしても一向《いっこう》に悪いことはないのにの」

「待って下せえよ」

直次郎が不審な声を出して、

「人足八人を江戸にけえすとしても、ご用人様たちは三蔵村で別れたんですかね。それだけ目を放さねえで二六時中見張ってたってのに、随分とあっさりしてやせんか」

口止めのための見張りではなかったのか。行きと帰りに矛盾《むじゅん》があると直次郎は思った。

「目当てのものが見つかったので、帰りはもうどうでもよくなったのではないのか。そういうこともあろうが」

直次郎は唸って考え込む、否定の構えだ。

「問屋役さん、八人のなかに儀助さんという人はいませんでしたか。もう結構なお年寄なんですけど」

お夏が尋ねる。

増右衛門は天井を仰いで考えていたが、

「ああっ、あの人のことか。そうじゃ、儀助さんと言うたの。ほかの人足どもは愛想なしじゃったが、儀助さんだけは年も食っていたからわしとなんとはなしに話したよ。倅《せがれ》が博奕《ばくち》狂いで、困っているようなことを言うておった」

お夏は逸《はや》る気持ちになり、直次郎と鋭く視線を交わして、

「問屋役さん、その儀助さんもいなくなる時は挨拶なしだったんでしょうか」

「左様、おんなじだった。いつの間にかいなくなっていた。あの人にはがっかりしたよ」

白鳥の目が光っていたから、儀助は挨拶も何もできなかったのではないか。お夏はそう思った。

「問屋役さん、八人の仕事場、三蔵村のどの辺を掘っていたのか、教えて貰えませんか」

お夏が三蔵村の絵図を取り出して広げ、増右衛門がそれにぐいっと覗き込んだ。

五

三蔵村を背にして、山というほどの山ではないが、森林に覆われた小高い丘陵地帯が広がっていた。

増右衛門は絵図にあるその丘陵地帯の森林を指し示し、こう言ったのである。

「来る日も来る日も、一行はわしン所で持たせた二食分の握り飯を竹皮に包み、後生

でえじに腰に括《くく》って、これ、この辺りにへえってってたよ。それでもって、日が暮れるまでけえっちゃ来なかった。妙であろうが」

その言葉を耳に残しながら、直次郎とお夏は残雪を踏みしめ、凍りついたような斜面を登っていた。

ここは武州だが、背後の甲州方向にくっきりと霊峰富士《れいほうふじ》が見えている。

「ねっ、直さん、見て見て、富士山よ」

小娘のように声を弾ませてお夏が言った。はしゃいでいるようだ。

「よせよ、今はそんな気分じゃねえんだ」

顔も上げずに直次郎は言う。

「どうしてよ、日本橋《にほんばし》から望める富士山よりもずっとくっきりと見えるのよ。なんてきれいなの」

「あのな、おれたちゃ富士のお山を見に来たんじゃねえんだ。榊原の謎を追いかけてるんだぞ」

「そりゃそうだけど……つまんないの」

直次郎は太い溜息をつき、周囲の見晴らしを眺めやって、

「まったくよう、こんな結構な風光の所にいってえ何があったのかなあ。奴らが探し

て掘っていた代物とやらを早えとこ知りてえもんだぜ」

木の切り株が都合よく二つ並んでいて、二人はそれに腰掛け、昼飯にした。昼飯は増右衛門の所でこさえてくれた握り飯に、湯茶の入った竹筒だ。

「儀助さんはよほどひでえ目に遭《あ》ったんだ。でねえとあんな風になるわけがねえよなあ」

直次郎が言うと、お夏は答えて、

「江戸に帰ったら、用人の白鳥主膳というのを調べようね、直さん」

「ああ、そのつもりよ」

それから二人は一帯を歩き廻り、どこかに不審はないものかと調べ尽くした。だが土を掘り返したような痕もなければ、三ヵ月も経っているから妙な痕跡なども見つからず、日が傾き始める頃には困憊《こんぱい》した。

どちらからともなく帰ろうということになり、元来た道を辿り始めた。

すると横手の樹木でかさこそと音がした。

二人が同時に見やると、野犬が数匹駆け出して来た。何かと思って目を凝らすと、一匹が妙なものを銜《くわ》えていた。それがなんなのかわからぬまま、尋常なものとは思えずにとっさに直次郎が言った。

「おい、あいつを捕まえろ」

「え、あっ、無理よ」

「何か銜えてるんだよ」

二人で猛然とその犬を追った。他の犬は散らばって消えた。

「待って、直さん、逃げてく」

「逃がしちゃならねえぞ」

犬の逃げ足は速く、見る間に距離が開く。

直次郎もお夏も必死だった。

犬は谷底のような窪地《くぼち》へ降りて行き、そこで姿を消した。だが銜えていたものを落として行った。

駆け寄った二人がそれを見て、慄然《りつぜん》となった。

腐乱した人間の片腕だったのだ。

翌朝、大掛かりな発掘作業が行われた。

直次郎、お夏から手拭いに包まれた片腕を見せられ、増右衛門は仰天《ぎょうてん》しておののき、宿場中を駆けめぐって宿役人や人足らを動員してきた。そうして宿場を挙げての発掘作業に取り掛かった。

野犬が現れた場所を直次郎が教え、そこに五十人がとこの男たちが群がり、あっちでもこっちでも土が掘り返された。

昼近くになる頃、灌木《かんぼく》の一角を掘っていた人足の一人の悲鳴が上がった。全員が殺気立って一斉にそこへ殺到した。埋められた何体もの腐乱死体が、次から次へと出てきた。

白骨化している遺体も何体かあった。

大騒ぎになり、代官所の役人たちが駆けつけて来た時には、しかし直次郎とお夏は蕨宿からいつしか姿を消していた。まともに役人の詮議《せんぎ》を受けていたら、素性が発覚してしまうからだ。

儀助を除く七人分の腐乱死体が見つかったことで、二人の目的は達せられた。人足たちは江戸へ帰るどころか、彼《か》の地で殺されて埋められていたのだ。それがわかれば充分であった。

あそこでどんなことがあったのか、儀助に聞こうにもあの状態では何も語れまい。しかし儀助の恢復《かいふく》を待ってはいられない。

榊原家の用人白鳥主膳が何もかも知っているはずだが、容易に口を割るとは思えなかった。

「ねっ、これからどうする」

小豆沢村《あずさわむら》まで来て、茶店でひと息つきながらお夏が聞いてきた。板橋宿はもう手の届く距離だ。

「直さん、あたし、こんなひどいことした奴ら金輪際《こんりんざい》許せないわ。早く江戸へ帰ろうよ」

「いや、ちょっと待て」

「何よ、なんなの」

「後戻りしてえ」

「どうして」

「増右衛門さんから、もう少し詳しい話を聞きてえのさ」

「でも代官所の役人に咎められたらどうするの。面倒なことになるのよ」

「構わねえ、こいつぁ土地の人しか知らねえことなんじゃねえかと、おれぁ思い始めているんだ」

六

増右衛門は茶室で独り酒を飲むのが好きなので、その日もちびちびと晩酌をしていた。

ふだんは死んだ女房の追憶やら何やら、またその日の出来事に心をとらわれもして、とりとめのない酒になるのだが、しかし今宵《こよい》の酒はまったく違って、考えるだに言い知れぬ不安と怖ろしさが襲ってきた。

平穏なこの里にいったい何が起こっているのか。七人もの人足の遺体が見つかったことに、どんな意味があるというのか。

榊原の殿様の知行所だけに、みだりに騒ぐわけにもゆかず、酔うどころか心の底から醒めてくるような気がする。

夜の静寂《しじま》が辺りを支配し、咳《しわぶ》きひとつが大きく聞こえた。

今宵の増右衛門の胸にはある確信があり、全神経を外へ張りめぐらせている。

(あの二人はかならず戻って来る)

という確信だ。

やがて思惑通りに、人の気配がした。

「入りなせえ」

増右衛門が声を掛けると、貴人口《きにんぐち》の戸が恐る恐る開き、菅笠を手にした直次郎とお夏がそっと顔を覗かせて入って来た。

二人とも増右衛門の前に、膝を揃えて畏《かしこ》まる。

「問屋役さん、不意に姿を消しちまって申し訳ねえです」

直次郎がまずは殊勝《しゅしょう》げに詫びた。

「そのう、これにゃいろいろとわけありでござんして」

増右衛門は鷹揚《おうよう》な笑みを浮かべ、目に含みを持たせて、

「いいってことよ。気にしなさんな。今さらここでおめえさん方の素性を聞いたって仕方あるめえ。おれにわかっていることは二人とも善人で、悪人じゃねえってこった。それで充分じゃねえか」

「へっ、恐縮です、そう言って頂けると助かりやさ」

直次郎がまた頭を下げた。

「代官所の連中にゃ適当に言っといたんで、怪しまれちゃいねえよ。追手がかかるようなこともねえから安心しなせえ。それより、でえじな話はこっから先だ」

　お夏がうなずいて膝を進め、

「あたしたち、たったひとつのことを問屋役さんから聞きたくて戻って来たんですよ」

「それも予想がついていた。榊原家用人の白鳥様がてめえン所の知行所とはいえ、おれたちに隠れて何を掘り出そうとしていたのか、あるいはもう掘り出しちまったのか、問題はそこだな」

「隠し金か、お宝か、いずれにしてもよほどの値打ちのあるものじゃございやせんかね」

　直次郎が言い、次いでお夏も、

「そうでなきゃ人足たちを殺して埋めちまうなんてひどいことをしませんよね。きっと誰にも知られたくない秘密があったんですよ」

「ああ、おれもそう思った。それで調べてみたんだ」

　直次郎とお夏は鋭く反応し、増右衛門の次の言葉を待った。

「と言って、こんな平和な土地に大それた隠し事なんぞがあるわきゃねえ。思いついたことはあれしかねえ」

「どんなことですか」

お夏が話の先を急《せ》いた。

「あれは半年めえのことだったな。中仙道を逃げ廻ってる牛若《うしわか》の五郎蔵《ごろぞう》という盗っ人がいて、蕨宿の先の根岸村《ねぎしむら》で捕まった。捕まえたな代官所の役人じゃなくて、ご用人の白鳥様とご家来衆だった。どうやらずっと五郎蔵を追いかけていたみてえなんだ。ところが代官所の役人が引き渡しを頼んでも、白鳥様は言うことを聞かねえ。おれぁ代官所に頼まれて、間にへえってなんとか事を丸く収めようとしたんだが、結果はおんなじだった。白鳥様とご家来衆は、五郎蔵をお縄にして江戸へ連れけえっちまった」

「で、どうなったんで？」

直次郎が問うた。

「そのまんまよ。白鳥様の言い分としちゃ、知行所のなかでの出来事だから、榊原家が取り締まるのが当然だと言うんだが、どうにも腑《ふ》に落ちねえよなあ」

「どんな盗っ人だったんですか、五郎蔵は」

これはお夏だ。

「牛若の五郎蔵は一風変わった盗っ人でな、小判にゃ目もくれねえで骨董品《こっとうひん》ばかりを盗むんだ。それを闇の市場に持参して大枚を手にする、そういう奴なんだ。なかにゃとんでもねえ代物があって、五百や千の金を稼ぐこともあるらしい。こいつぁ代官所の役人から聞いた話なんだがよ」

七

江戸の阿弥陀長屋に帰り着いた時は、翌日の夜だった。

お夏は自分の家に直次郎、政吉、岳全、捨三を呼び集め、密議を持った。

首座に着いたお夏が、引き締まった表情で言う。

「この話は阿弥陀長屋の大家としてじゃなくて、黒猫のあたしとして言います。確《しか》と聞いて貰うわよ」

尋常ではないお夏の口ぶりに、全員が緊張を見せた。

お夏は話が長くなるので前段を省き、牛若の五郎蔵という盗っ人が、蕨宿で榊原家用人白鳥主膳らに囚われ、江戸へ連れ去られたところまでをまずは語った。それからほどなくして、白鳥らは江戸で八人の人足を募り、蕨宿の三蔵村へ送り込み、問屋役増右衛門の世話を受けながら森林のなかの探索を始めた。やがて探索が三月《みつき》にも及ぶ頃に成果があったらしく、一団はその地で解散した。ところがそれは解散ではなく、七人は殺戮《さつりく》されて森林に埋められていたことがわかった。

たった一人生き残った人足の儀助は、どうやって逃げ延びたのかは不明だが、なんとか江戸へ戻った。しかしよほどの衝撃を受けたせいなのか、廃人同様になってしまった。だから儀助の口から何も聞くことはできない。

牛若の五郎蔵は小判には手を出さず、骨董品ばかりを盗む風変わりな盗っ人であった。

お夏はそこまでを語ると、

「おおよそのことは推測がつくわね、ここまでで」

全員を見廻して言った。

政吉たちはあまりの話の内容に、強い衝撃を受けて押し黙っている。

「つまり、こういうことだ」

直次郎が口を開き、

「牛若の五郎蔵がどっかから盗んだお宝を、蕨宿三蔵村に埋めて隠した。どんなお宝かなんてことは知る由《よし》もねえが、それを聞きつけた白鳥が自分の所の知行所であることをもっけの幸いとして、五郎蔵を追いかけて捕めえた。それでもって江戸へ連れて行き、拷問《ごうもん》にかけてお宝を埋めた場所を聞き出した。むろん五郎蔵はもうこの世にゃいねえだろ。そういうこった」

「その通りよ」

　お夏が言ってうなずき、

「白鳥は初めから殺すつもりで八人の人足を雇い、三蔵村で掘り返させた。お宝が出てきたので一人を残して皆殺しにしたのよ。でもね、あたしにとってお宝のことなんてどうでもいい。無慈悲に七人もの命を奪った奴らの外道《げどう》ぶりが許せないの。生き残った儀助さんには伜も孫もいるわ。なのに今では死んだも同然の身にされちまった。すべての謎は大身旗本榊原家に隠されている。これからあたしたちで、それを白日《はくじつ》の下《もと》に晒《さら》してやるのよ」

　政吉がもごもごと口籠もりながら、

「とてつもなくどでけえ話だよなあ。おれたちにできっかな、しんぺえンなってきたよ」

「政吉さん、もう断ることは叶《かな》わねえよ。でねえと、黒猫の姐さんが黙っちゃいねえぜ」

　直次郎が脅しをかけるようにして言う。

　政吉は慌てて、

「い、いや、断るなんてできねえ相談だってこたわかってらあ。やるとも、やりゃいいんだろうが」

無理に肩を尖らせて言った。

「大家さん、じゃねえ、黒猫の姐さん、ひとつ聞いてもいいかな」

捨三がおずおずと言い、お夏がそっちを見た。

その強い視線に捨三は射すくめられつつ、

「そ、そんなおっかねえさむれえどもに手え出して、見つかってバッサリってことにならねえかな。おいらが死んでも誰も悲しむ奴なんかいねえけんど、そ、それにしてもよう、なんつったらいいのか……」

切ない声で訴えた。

「捨三さん、おまえさんが死んだらあたしが悲しむわよ。大泣きするわよ。でもこれも世のため人のためじゃない」

諭《さと》されるようにお夏に言われ、捨三は情けに縋《すが》る気持ちになって、

「姐さんが泣いてくれるってんなら、おいらのこの命、惜しくねえや。わかった、なんでもするぜ」

「うん、頼むわね」

「お夏さん、わしらで調べたことがある。聞いてくれるかな」

岳全が言い、お夏がうなずく。

「やはり榊原家のお吟と申す側女は只者《ただもの》ではなかったぞ。夜陰に乗じて動き廻り、何やら画策しておるようじゃ。数日前も警護のためらしき浪人を一人雇い入れ、何やら密談を交わしておった。怖ろしく手練の浪人であったよ」

政吉がその件を補足する。

「二人は屋根船でしっぽりとやってやがったんだが、どうにも気に食わねえ野郎でよ、おれたちに気づくや、だんびら抜いて襲いかかってきやがったぜ」

「怪我はなかった？」

お夏の問いに、政吉が答える。

「おれっちがそんなやわだと思ってんのか。風を食らってうめえこと逃げたさ。まっ、これからは用心するけどな」

泡を食って逃げ惑ったことは封印した。

「あたしも肝《きも》に銘じる」

そう言った後、お夏は政吉らを見廻し、

「ここでひとつ言っておくことがあるの。この直さんの身分を明かすわね」

「身分とはなんだ、旅烏《たびがらす》じゃねえのか」

捨三がうろんげに言った。

「この人はね、信濃国萩尾藩一万五千石の若殿だったの。凄いでしょ」

三人が口々にざわめき、驚嘆の目で直次郎を見た。見てくれは悪でも根は善だから、直次郎に対して襟を正し、座り直す。

お夏は直次郎が国を出奔《しゅっぽん》した経緯《いきさつ》をかい摘んで語っておき、

「でもね、もう国表へ帰るつもりはないんだって。身分を捨てて江戸で気ままに暮らしたいそうなの。それが直さんの心意気よ」

直次郎が三人にぺこりと頭を下げ、

「そんなわけで、不束《ふつつか》なやつがれでござんすが、改めてよろしく頼んまさ」

「けどこれからなんて呼んだらいいんだ、今さら若殿ってのもどうかなあ」

戸惑いで政吉が言う。

するとと岳全が年の功を見せて、

「これまで通りでよかろう。われらが直さんでいいんじゃよ。特別扱いは本人も希んでおるまいて、のう、直さん」

「へっ、仰せの通りで。あっしぁあくまで旅烏の直次郎でさ」

「それじゃ祝い酒と行きましょうか」

お夏が言って台所へ行き、手早く酒肴《しゅこう》の膳を調えていると、ふっと何かに気づいて険しい顔になった。

押入れから見覚えのある着物がはみ出ているのだ。

お夏がガラッと唐紙《からかみ》を開けると、そこに熊蔵が隠れていた。

「兄さん」

直次郎がハッとなり、三人は殺気立った。

すると悪びれもせず、熊蔵はにんまりと笑ったのである。

八

熊蔵が押入れから引きずり出され、お夏、政吉、岳全、捨三に取り囲まれた。直次郎は離れて静観することにした。

「何してるの、兄さん。あたしたちの話をみんな聞いていたのね」

「すまねえ、聞く気はなかったけど聞いちまった。酒が切れて取りに来たら、おめえたちが揃ってやって来やがったんで、マズいと思ってとりあえず隠れた。悪気はねえんだよ」

「兄さんはあたしの秘密を知ったのよ。わかってる、その意味。裏渡世の掟《おきて》にしたがうしかないわね」

「まさかおめえが、黒猫だったとはよう」

「あまり驚いてないようね、本当はうすうすわかってたんじゃないの、兄さんは」

すぐに答えず、熊蔵は酒に手を出す。

お夏が酌をしてやり、

「どの辺からわかっていたの」

熊蔵は盃を干して、「うめえ」と言い、

「一月《ひとつき》ぐれえめえかなあ。近くで呼び子《よこ》を聞いて、物騒だと思って見に行ったところに黒ずくめのおめえがけえって来た。あの時は心底驚いたぜ」

「姐さん、どうするね、この始末」

政吉がお夏に問うた。

お夏は思案するも、よい考えが浮かばず、

「どうしたらいい、直さん」

直次郎も困惑で、

「仲間に引きずり込むしかねえでしょう、お夏さん。まさか身内に刃を向けるわけにも」

「できるわよ、あたしなら。そういう覚悟で生きていますのさ」

「おい、お夏、勘弁してくれよ」

熊蔵がどこかおどけて拝んだ。

「だって兄さんがこの仲間に入ったってなんの役にも立たないじゃない。能無《のうな》しなんだからさ」

「そいつぁどうかなあ。後で後悔することンなるぜ、お夏」

「どういう意味？」

「牛若の五郎蔵のことはおれぁよっく知ってるんだ」

全員が一斉に熊蔵を見た。

「なんでって面《つら》するなよ。五郎蔵は骨董専門の盗っ人なんだぜ。おれン所にもお触れは廻ってくらあ」

一同が声には出さねど（なるほど）と合点する。

「五郎蔵をどれほど知ってるの」

お夏が問い詰める。

「お触れだけじゃなく、本人に会ったこともあらあ。そりゃもう気のいい奴よ。なんで会ったかってえと、骨董の闇市場で顔を合わしたのさ。そこで二度ばかり酒を飲んだ。奴にゃ恋女房がいてな、ガキを五人も抱えてるんだ。だから今殺されたって話を聞いてよ、おれぁ気の毒に思ってたとこだったぜ」

「ちょっと待って、兄さんは骨董の闇市場なんぞに出入りしていたの。あたしは行ったことないけど、まともな古道具屋はそんな所へ行かないわよね」

「いいもんが出廻ってくるんだよ。少しばかり無理して買うと倍で売れるのさ。そんなしょっちゅう行ってるわけじゃねえぜ」

お夏は熊蔵を睨んで、

「まったく、兄さんて人は。そういういかがわしいところ、昔とちっとも変わってないのね。今のあたしの立場じゃ言えた義理じゃないけど、なるべく行かないようにして」

「わ、わかった、おめえにゃさんざっぱら世話かけてっからよ、小言《こごと》を言われると胸にちくっとくらあ」

お夏は気を取り直し、直次郎を見て、

「ところで、直さん」

「おう、なんでえ」

「直さんに差配をお願いしたいわ。やってくれる？　あんたはお武家なんだから、きちんと物事の道筋がつけられるでしょ」

直次郎がギュッとうなずき、全員を見廻して、

「よっしゃ、任しとけ」

きっぱり覚悟の目で言った。

第五章　ひと声一万両

一

下僕《げぼく》として雇われたその男を見て、用人白鳥主膳は奇異な思いがした。

坊主頭で年は六十の白鳥より十は下かと思われるも、泰然《たいぜん》と落ち着き払っていて扱い難《にく》そうだ。しかしそれだけではなさそうで、当家には合わないのではないかと思い始め、白鳥は男を待たせておき、中間《ちゅうげん》部屋へ行って中間頭《がしら》の弥助《やすけ》にそのことを問うてみた。中間、下僕の類《たぐい》の雇用は弥助に一任されていた。

「あれはなかなかの男でございますよ、ご用人様。雇わないと損だと思いやして、元は坊主だから、何かと物知りで重宝するんじゃないかと。ちょっと使ってみて、いけなければやめさせればよろしいんじゃござんせんか」

弥助にそう言われたら引くしかない。

白鳥は男のいる小部屋へ戻り、相対した。

「その方、何ゆえ還俗《げんぞく》致したか」

「はっ、実はそのう……僧としての戒律《かいりつ》を破ってしまい、それで追放の憂《う》き目《め》に。大変恥ずかしく思うております」

岳全が厳格な顔で言う。

坊主頭といっても五分に伸び、よれよれの垢染《あかじ》みた粗衣《そい》を着たふだんの姿だ。

「どんな罪を犯した」

「女犯破戒《にょぼんはかい》にござる」

白鳥は失笑する。

「御仏《みほとけ》に仕える身で、女人と交わってはならんではないか」

「申し訳もござらん」

「しかしそのこと、なぜ隠そうとせぬ」

「助平《すけべい》坊主にござれば、隠し立ては無用ではないかと。要はご用人殿がわしを気に入るかどうかの問題でござろうて」

白鳥は気骨を感じさせる岳全の口車に乗せられ、弥助の眼力も捨てたものではない

と思って、

「左様か。では恙《つつが》なく奉公に励んでくれ」

「有難き幸せ」

「下僕ゆえに飯を炊《た》き、庭を掃き清め、雑巾《ぞうきん》掛《が》けから水汲み、雑用は山とある。駕籠《かご》の供《とも》も仰《おお》せつかる。女好きは構わんが、当家の者には手を出すな。わかったな」

「御意《ぎょい》」

岳全が深々と頭を下げた。

白鳥が去ると、張り詰めていた岳全はようやく息を抜いた。

四方八方手を廻し、大御番頭榊原家が下男を募っているのを聞きつけるや、それを僥倖《ぎょうこう》と思い、岳全は中間頭の弥助に接近してまとまった金をつかませ、雇われに成功した。その金はむろんお夏から出ていた。これから榊原家の秘密を探り出すつもりだ。折角拾ってくれた恩ある深川の寺には、永《なが》の暇を貰った。

（しかし、それにしても……）

今の男が蕨宿三蔵村で七人の人足を斬り殺したと聞いているから、そんな冷酷非情な男ならばどこで導火線に火がつくか知れず、内心では緊張のし通しだった。

ところがあにはからんや、白鳥は小柄で萎《しな》びたただの陰気臭い男で、そんな殺戮者《さつりくしゃ》とはとても思えなかった。

弥助が入って来て、笑顔を向けた。

「よかったじゃねえか、岳全さんよ。ここは給金は悪くねえし、食い物もうめえ。酒だってご馳《ち》ンなれるぜ」

「願ったりだね、弥助さん。まるであの世の楽園へ来たみたいだ」

「アハハ、さすが坊さんだ、うめえこと言いなさる」

それから弥助は多岐《たき》にわたる仕事の内容を岳全に伝え、下僕としての仕着《しき》せ一式を貸与《たいよ》し、最後にこう言った。

「母屋の北向きに渡り廊下があってな、言っとくけど、そっから先は行っちゃならねえことになっている。奥の院は御法度《ごはっと》なんだ」

「なんぞ秘密でもあるのかね。ここだけの話を聞かせてくれんか」

「秘密なんぞあるわきゃねえが、殿様や奥方がいらして、側女《そばめ》連中もひっそりとお暮らしンなっている。おめえが面《つら》出したら場違いもいいとこだろう」

「そうかい、よっくわかったよ」

承知しておき、岳全が言った。

「ちょっと出掛けてきていいかな」

「どこ行くんだ」

「野暮用さね、遅くならんうちに帰るよ」

二

神田川を望む茶店の床几《しょうぎ》に並んで掛け、直次郎と萩尾藩江戸家老恩田忠兵衛が密談を交わしていた。

直次郎は格子縞《こうしじま》の着物を粋に着こなし、今日もいなせな遊び人を気取っている。

日和《ひより》がよく、茶店は四、五人の客で賑わっていた。

それらを気にしつつ、忠兵衛は小声で告げる。

「とんでもないことがわかりましたぞ、若」

「うむ、聞かせてくれ」

「側女のお吟の身許《みもと》を詳しく調べてみましたら、なんと、それが……」

忠兵衛は言葉を途切らせる。

「どうした、忠兵衛」

「お吟は町人の出で、母親は上野山下《うえのやました》の水茶屋女であったことが判明致しました。お吟が十五の時に母親は他界し、親類筋で育てられたのですが、その家の亭主は船大工の大酒飲みで、暮らしは困窮《こんきゅう》しておったそうな。ところがお吟が養女になったとたんに金廻りがよくなり、亭主は羽振《はぶ》りを利かせるように」

「母親が大金でも遺したか」

「そうではございません。お吟の本当の父親がひそかに金を出していたのです」

「何者なのだ、その父親は」

「白鳥主膳です」

「ううっ、それは驚きではないか」

直次郎は心底驚嘆して、

「では白鳥は茶屋女に生ませたお吟を、主家に献上したということなのか」

「それは秘密になっておりまするゆえ、献上ではございませんな。主家に上がるに際し、お吟は船大工とは縁組を解いております。そうして白鳥はさらにお吟をさる貧乏御家人の家に養子縁組させ、武家の身分をとらせておき、榊原家へ奉公に上げたのです。それらはすべて白鳥が陰でやっております。ですからお吟と白鳥は屋敷内では赤の他人ということに」

「待て、忠兵衛、なぜそのことを秘密にする必要がある。主君に本当のところを明かし、茶屋女に生ませた子だがほかに身寄りもなく、手許に置いておきたいと言えば通る話ではないのか」

「それがしの推測ですが、そのように有体《ありてい》に申してしまえば、如何に榊原でもお手付きは控えましょう。知らぬがゆえ、お吟は側女に。その辺りに白鳥の思惑があるのではございますまいか」

「ではこの先、白鳥親子が主家に事を起こすこともあると申すか」

忠兵衛がうなずき、

「つまり榊原殿は、獅子《しし》身中《しんちゅう》の虫《むし》を飼っておるのですよ」

「うむむ……」

直次郎が唸ったところへ、「ご家老様」と忠兵衛を呼ぶ女中の声が遠くで聞こえた。

忠兵衛は慌てる。

「こ、これはいかん、若と一緒にいるところが知れたらマズいのですな」

「ああ、マズいよ、今のところは。今日は耳よりな話を聞かせてくれて有難う、構わん、行ってくれ」

忠兵衛が去って行き、直次郎は息を抜く。

するとそれまで別の床几で甘酒を飲んでいた客全員が、席を立って直次郎の周りにぞろぞろと集まった。他人を装っていたお夏、熊蔵、政吉、岳全、捨三である。

岳全は榊原家を抜けて来たから、下僕の仕着せ姿だ。

「若殿様」

お夏が揶揄《やゆ》めかしてそう呼び、

「お人柄のいいご家来をお持ちのようね。江戸家老様であだと、ほかのご家来衆も推《お》して知るべしなんじゃない？」

「そうなんだ、国表《くにおもて》の連中もみんないい奴らだよ。特におれの身代りになってくれた青山彦馬なんぞは実にいい男で、年下だがもうこいつとは兄弟同然だな」

直次郎が率直に、誇らしげにさらに言いかけ、慌てたように一同を見て、

「あ、いやいや、すまん、国表の自慢などするつもりはないんだ」

お夏が「いいんですよ」と言って失笑し、皆の間にも直次郎に対する畏怖《いふ》と敬意がなんとはなしに広がった。だからといって急に手のひらを返したり、卑屈になったり、そういう衒《てら》いのない連中だから、今まで通りに、

「それにしても直さん、妙な話ではないか」

岳全が言いだし、

「おなじ屋根の下に実の親子が他人を装って暮らしている。親は用人で、娘は側女だ。

家中でそのことを知っている者はおるまい。こんな変な話は聞いたことがないな。なんの目論見《もくろみ》もなければこのようなことはしないはずだ」

そこでもごもごと何か言いかけ、すぐにやめ、また思い直して、

「ちと当たらぬかも知れんが、拙僧も今は白鳥親子のような」

「えっ、なんの話？　岳全さん」

お夏が怪訝に問うた。

「こうして黒猫の仲間になり、貧乏寺から籍を抜いてよかった。そうしていなかったら、如何にとはいえ、榊原と元の和尚との間にふた股かけて、白鳥親子のように世を欺いて二重の暮らしをせねばならなかった。秘密を持って生きることがどれほど大変か。恐らく白鳥親子もわしとおなじような気持ちではないかと」

お夏が岳全の肩を叩き、

「気にしないでやってよ、岳全さん。榊原家の方は偽《にせ》の下僕奉公だからそのうちなくなるわよ。いいネタをつかんできてね」

「あ、ああ、わかっている」

捨三がへらへらと笑って、

「おんなじ仕事みてえでも、こちとら気楽でよ、岳全さんみてえな悩みはねえなあ」

「黙りなさい。墓守と一緒にしないでくれ」

「お察しするぜ、岳全さんよ。それにしても白鳥ってのはいってえ何を考えているのかなあ」

政吉が直次郎に視線を向けて言う。

直次郎が答えようとすると、お夏が先んじて、

「白鳥親子の件はともかくとして、肝心要《かんじんかなめ》は三蔵村で掘り返された謎の代物よ。それがわからないうちはおなじ所を行ったり来たりしていて先へ進めない。直さん、なんぞよい思案はないものかしら」

直次郎がうなずき、

「熊蔵さん、骨董《こっとう》の闇市場ってな、いつ立つんだい」

「それがいつって、きちんと決まってるわけじゃねえのさ。突然闇の触れが来てな、場所もその都度《つど》違う。お上に見つからねえように警戒してるんだろうぜ。けどそう遠くねえと思うな。前の市場から半年は経っているから、もうそろそろかって気がすらあ」

「それはどんな奴がやってるんだ」

つづけて直次郎が熊蔵に聞く。

「わからねえ。探ろうとするとよ、とんでもねえ目に遭うらしいぜ。だから誰も知らねえのさ」

「触れが来たら真っ先に教えてくれ」

「そいつぁ構わねえが、闇市場に榊原の殿様が三蔵村の代物を出すかどうかわかるめえ」

「恐らくその代物は、まともな所では金にならんだろう。闇市場のような所に限るんじゃないのかな」

直次郎の言葉に、熊蔵はうなずき、

「なるほど、そいつぁ言えてるな」

直次郎はお夏に目をやると、

「お夏、おれがおまえと初めて出くわした日のこった」

「うん、忘れもしないわ。あたしが黒猫の姿を見られちまったあの晩のことね」

「おれが天井裏から覗いていたら、榊原と若い側女が楽しげに語らっていた。その側女は若宮であった。それをお吟と思《おぼ》しき年増の女が廊下からじっと窺《うかが》っていた。そのことが瞼《まぶた》に焼きついて離れないのさ」

「この先もお吟が何か仕出かすと思っているのね、直さんは」

「そうだ、お夏、いいか、お吟は側室の小陸を焼き殺したくらいの怖ろしい女なんだぞ。胸ンなかに、なんぞ炎みたいなものが燃え盛っているんじゃないのか」

「うん、確かに。あたしもそう思う」

そこでお夏は思案して、

「手っ取り早いのはお吟を捕まえて拷問にかけることよ。人殺しの嫌疑がかかっているんだから。でもそうもいかないのよねえ」

「ああ、まっ、そいつぁちょいとな」

材料不足だから、時期尚早《しょうそう》だと直次郎は思っている。

そこへ数人の男たちが賑やかに語らいながらやって来たので、全員が一斉に散会した。

帰り道は、直次郎とお夏の二人だけになった。

和泉橋《いずみばし》を前にして神田川の船着場へ降り、二人して深川方面へ行く渡し船を待つ。

他に何人かの男女客がいて、お夏はそれらをさり気なく見ておき、怪しい奴がいないので安心する。裏渡世の身であるがゆえ、常に警戒は怠《おこた》らないようにしているのだ。

お夏はこよなく晴れた青空を見上げて、

「見て、直さん、澄みきった青空よ」

だが直次郎は最前から何やら考え込んでいて、お夏の声は届かないようだ。

お夏がチラッと咎めるような目を向けた。

すると直次郎が突然素《す》っ頓狂《とんきょう》な声を上げ、地団駄《じだんだ》踏むような仕草をした。客たちが怪訝に直次郎を見る。

「ああっ、くそっ、なぜなんだ」

「な、何よ、どうしたの、直さん」

お夏が面食らう。

「こんな大事なことにどうして気づかなかったのか、おいらどうかしてたぜ」

「だからなんなの」

「ちょっと来てくれ」

直次郎は人目を憚《はばか》ってお夏の手を取り、土手を駆け上がって行く。そこで二人だけになると、お夏の肩に両手を掛けて、

「三蔵村にはお吟も行っているんじゃないのか」

直次郎の言葉にお夏は緊張して、

「そうね、そういえば確かに。お吟は善光寺参りに行ったのよ。その帰りに小陸って人と会ったんだわ」

「小陸の件は置いといてだ、こういうことは考えられないか、お吟は父親の命《めい》で、善光寺の帰りに榊原家の知行所へ何かの目論見があって立ち寄った。そいつは三蔵村で何かが掘り返された後だから、どんな狙いかはわからん。しかし七人の人足が皆殺しにされたことを、お吟は知っていたんじゃないのか」

「善光寺は名目で、狙いは三蔵村だったたってこと？」

「だとするならすっきり胸に納まらねえか」

「ううん、ちっとも納まらない」

「なんで」

「余計にわからなくなっちまったわよ。七人が殺されて埋められた場所へ、お吟は何しに行ったのよ」

「…………」

「直さん」

お夏がさらに何か言いかけた時、渡し船が見えてきた。

「畜生、船が来たぜ」

直次郎はお夏を急《せ》かして、船着場へ降りて行った。

三

夜の雨が番傘《ばんがさ》を烈しく叩いていた。

番傘の主は宗十郎頭巾《そうじゅうろうずきん》を被《かぶ》った初老の武士で、上物の小袖に派手やかな羽織を着て、差料《さしりよう》も立派なものだ。身分ある上級な武士であることは歴然としていた。

武士の足を止め、傘を持たないずぶ濡れの四人の男たちが不穏に、猛々《たけだけ》しく取り囲んでいる。

深川の博徒《ばくと》蜂屋仁兵衛と、屈強な子分三人だ。四人は武士を睨み据え、長脇差《ながどす》の鯉口《こいぐち》を切っていつでも抜けるようにしている。

深川仙台堀《せんだいぼり》の人けのない河岸地《かしち》だ。

仁兵衛が兇暴に吼《ほ》え立てる。

「殿様、よう、殿様よ、さっきから何を言っても黙りこくっていなさるが、どういう了見《りょうけん》をしてるんでえ。おれぁ理不尽《りふじん》な言い掛かりをつけてるつもりはこれっぽっちもねえんだぜ。貸し付けた金をけえしてくれりゃそれでいいのよ」

そこで仁兵衛は一段と大声になり、

「いい加減にけえせ、百両耳を揃えてけえしてくれよ」

武士はなんの反応もせず、無言のままだ。

仁兵衛がつづける。

「いいか、こちとらだって馬鹿じゃねえ。おめえさんがご家来衆をしたげえてる時はこんなことしねえやな。ずっと待ってたんだ、おめえさんが一人で巷《ちまた》に遊びに出るのをな。そうしたらやっとこさ好機到来だ。しかもおれの縄張の深川に足を踏み入れなすった。いい度胸してんじゃねえか」

武士の沈黙は重々しく、不気味だ。

「おめえさんが借金した検校が、大川に落ちて死んだ一件だって、こちとら知ってんだぜ。ありゃ本当のところはどうなんでえ。おめえさんがやったってえ噂はみんなに流れてらぁ。けどおれぁそんなことじゃビビらねえぜ」

「…………」

「今ここで色よい返事を貰わねえと、ちょいとばかり痛え目を見ることンなるぜ。それでもいいのかい」

武士が頭巾のなかから、くぐもった声で何か言った。だが言葉は雨音に掻き消された。

「あん？　なんつったんだ、聞こえねえよ」

「虫けらと言った」

今度は聞き取れた。

四人がたちまち殺気立った。

「野郎、このおれをコケにしやがるってか」

仁兵衛が目配せし、三人が一斉に長脇差を抜いた。

「腕の一本も叩っ斬ってやれ」

仁兵衛の下知《げち》に三人が動いた。

だがそれより早く、武士が刀を鞘走らせて情け無用に閃《ひらめ》かせた。脳天を打たれ、横胴を払われ、胸を突かれて三人が一瞬で兇刃に見舞われ、折り重なって倒れ伏した。

武士は残る仁兵衛に剣先を突きつけ、じりっと迫る。

「ま、待てよ、待ちやがれ」

恐怖の声を漏らし、長脇差を正眼に構えたままで仁兵衛は後ずさった。居丈高《いたけだか》な姿勢が影を潜《ひそ》め、萎縮《いしゅく》しているのがわかる。

そして隙をみて逃げかかった仁兵衛が、次に異様な声を上げて佇立《ちょりつ》した。暫《しば》し時が止まったようになる。

仁兵衛が信じられない顔になり、怖れと共にゆっくりと目をおのれの腹部に落とした。

背中から差し込まれた懐剣《かいけん》の刃先が、腹から突き出ていた。

「なんじゃ、これは……」

白刃が引き抜かれると鮮血が噴き出し、仁兵衛は絶叫を上げてその場に崩れ落ちた。流血が雨にみるみる流される。

仁兵衛の背後に立っていたお高祖頭巾《こそずきん》の武家女が、懐剣を胸元の鞘に納め、放り投げていた自分の傘を取って差し、武士にすばやくすり寄った。

武士は血刀をぶら下げたままで立ち尽くしていて、女が屈《かが》んで懐紙《かいし》で汚れた刃を拭う。

「殿様」

そう呼びかけた声は、まだ幼さの残る若い娘のものだ。

「大事ございませぬか」

武士は納刀して、

「つけていたのか」

感情のない声で言った。

娘はうなずき、

「殿に万一のことあらば一大事、殿あってのわたくしにございますれば」

「愛《う》い奴《やつ》」

素っ気なく言い、武士が何事もなかったかのように悠然と歩きだした。

娘はその後をひたすら追って、

「今宵のようなことがございます。お身の周り、お気をつけ下さりませ」

返事はない。

しかし娘は誇らしげに武士につきしたがって行く。

武士は榊原主計頭、娘は三番目の側女初音《はつね》であった。

四

古狸屋の店先で、熊蔵が茶釜《ちゃがま》を磨いていると、深川の博徒印伝の雲右衛門が落ち着かぬ風情で入って来た。表で警護の子分が五、六人、屯《たむろ》している。

熊蔵は急な来訪者に慌てて、

「こ、こりゃ貸元、お出でなせえやし」

奥へ誘い、茶を淹《い》れようとしているのへ、雲右衛門は不機嫌な顔でそれを差し止めて、

「茶はいらねえ、冷や酒をくれ」

「へっ？　あ、さいで」

何事かあったと思い、熊蔵が奥へ行って茶碗酒を調達し、持って来る。

雲右衛門は上がり框《かまち》に掛け、ぐびりと酒を飲むと太い息を吐いて、

「世も末だぜ、熊蔵」

「何かあったんで？」

熊蔵が恐る恐る聞く。

「ゆんべ仙台堀でよ、蜂屋の仁兵衛が子分三人もろともぶっ殺されたぜ」

「ええっ」

熊蔵が仰天《ぎようてん》する。

「誰の仕業《しわざ》でござんすか。ま、まさか……」

雲右衛門に疑いの目を向けた。

「おれじゃねえ、だったらこんな所へのこのこ来るもんかよ」

「へえ、そりゃ確かに」

「朝から役人に踏み込まれて、大番屋に連れてかれてよ、痛くもねえ腹探られて往《おう》生《じょう》したぜ。ゆんべは賭場《とば》が立ったんで、おれぁひと晩中帳場に座っていた。それをみんなで証明してくれてようやっと無罪放免になった。けどこちとらの気分は一向に晴れねえのさ」

「蜂屋の貸元に同情してんですか」

「冗談じゃねえ、あいつが死んだことについちゃ清々《せいせい》してるよ。これから深川はおれのもんだからな」

「へえ、ようござんしたねえ」

「気の晴れねえのは、おれっちにも災いが降りかかってこねえかと、そう思ってしんぺえしてるんだ」

「下手人《げしゅにん》の目星は」

熊蔵が探りを入れる。

「知るもんか。役人どもが仁兵衛の貸付台帳と首っ引きで、借金の嵩《かさ》んでいた連中を片っ端から当たってらあ。賭場の借金だからすげえ金高みてえだぜ」

熊蔵が腕組みして考え込み、

「そうなるってえと、下手人の見当がつかねえなあ」

「金絡みの殺しだとしたら、大抵は借りてる奴の仕業だってのが決まりだからよ。おめえは蜂屋ン所に借金はねえのか」

熊蔵は大仰《おおぎょう》な仕草で手を振り、

「と、とんでもねえ、あっしゃぁ蜂屋の賭場に足を踏み入れたこたござんせんぜ。貸元ン所ひと筋だってわかってんじゃねえですか」

熊蔵は目を慌てさせている。本当は蜂屋にも印伝にも、両方の賭場に出入りしているのだ。

「ふン、それはともかくとして、役人の一人が妙なことを口走っていやがった」

「いってえ、なんと」

「ご大身《たいしん》の旗本で、一人飛び抜けて大金を借りてる奴がいるらしいのさ」

「ご大身の名めえは」

「知らねえよ、そこまでは。聞いてどうするんでえ」

「あ、いえ、格別なことはござんせん」

熊蔵はひそかに冷や汗を拭いながらも、大身旗本のことがひっかかってならなかった。

その話をそっくり妹にすると、お夏も思案投げ首となって直次郎の方を見た。

阿弥陀長屋の直次郎の家で、直次郎と政吉が向き合い、お夏がこさえた茶漬けを食べているところだ。

岳全は榊原の屋敷にいて、捨三は寺の務めに出て不在だ。

「気になるわねえ、その大身旗本っての。誰なのかしら」

お夏が言うと、熊蔵は膝を乗り出し、

「なっ、おめえもそう思うだろ。おれぁ妙な勘働きがして、そのことが頭から消えねえのさ。旗本が下手人だったらどういうことになるんだ」

「まず町方は手は出せないわよ」

そう言い、お夏は直次郎を見て、

「ねっ、直さん、榊原の殿様って結構な遊び人で、あっちこっちに借金があるって前に言ってたわよね」

「そんな話も聞いたな。もし榊原が蜂屋殺しの下手人だったら、ひょっとして奴の首根っこをつかむ突破口になるかも知れんぞ」

「調べてみようか、この一件」

「そいつぁいいが、けどどうやって調べる」

　すると政吉が引き取って、

「おいらに任せな」

「なんぞ手蔓《てづる》でもあるの」

　お夏が聞いた。

「顔見知りの役人がいてな、おれの言うことならなんでも聞いてくれるんだ」

「その役人とどういう関係なの、政吉さん」

　お夏が訝《いぶか》ってさらに聞く。

「いいじゃねえか、そんなこた。もし下手人が榊原だったら面白えな。ちょっくら聞きに行ってくらあ」

　茶碗と箸を置いて立つと、

「直さん、少しばかり融通してくれねえか。動き廻るにゃ金がいるんだ」

「わかった」

　直次郎が財布から銭を取り出し、政吉に握らせた。

「大晦日《おおみそか》にゃまとめてけえすぜ」

　言い捨て、政吉は出て行った。

「大晦日ったら随分と先の話じゃない。返す気なんかないんだわ、あの人。直さん、食い物にされちゃ駄目よ」

直次郎はうす笑いで、

「お夏、構わん。そんなことは百も承知だ」

気にしない風で言う。

「おまえさん、いったい幾ら持ってるの。底知れないわね。さすがにお大名家の若殿様ってことなのかしら」

「そう思ってくれていいよ。これも世のため人のためではないか。わずかな金で悪事が暴かれるのなら安いもんさ」

(まったく、この人ったら)

どこまでお人好しなのかと呆れる反面、お夏は直次郎に敬意も感じた。悪を滅ぼし、善を栄えさせるつもりで生きているのか。

(こんな人は滅多にいるもんじゃないわ)

つくづくと感心したのである。

五

榊原家の奥の院、お吟は独酌《どくしゃく》で酒を飲んでいた。

そこは十帖ほどの座敷で、側女としてのお吟に与えられたものだ。ふだんは付女中らに囲まれているが、今宵は遠ざけた。寝巻ではないお楽召《らくめ》しで、静寂のなかに独《ひと》りぽつんといると寂寥《せきりよう》は彌増《いやま》した。

不意打ちのようにして襖《ふすま》が開けられ、側女の若宮が案内も乞わずに入って来た。派手な目鼻立ちだが、理知や分別はあまり感じられない女だ。

日常の交流などないので、お吟は目を見開き、驚きで若宮を見た。二人の年の差は十歳ほどだ。

お吟が黙っていると、若宮も何も言わずにその前に座し、会釈もせずに勝手に酒を飲んだ。落ち着かず、心ここにない風情である。

お吟の胸に棲《す》む魔性が、ひそかに首をもたげた。

「何かあったのか」

さり気なく問うと、若宮は不貞腐《ふてくさ》れたような顔になり、

「いけずという言葉がございましたな、お吟殿」

「誰のことじゃ」

若宮はまた飲んで、

「おわかりのはずです」

「初音殿か」

若宮は恨みがましい目でうなずき、

「初音は殿をわがものにしておりますのよ。ご存知ですか」

「知らいでか。それがどうした」

「近頃では誰憚ることなく、昼夜を分かたず殿と乳繰《ちちく》り合うています。あら、はしたない言い方ですみません。初音はわたくしの目を承知で、これ見よがしに振る舞っておりますのよ。我慢なりませぬ」

お吟が黙っていると、若宮はじれて、

「お吟殿は何も感じないのですか。よく平気でいられまするな」

お吟は鼻で嗤《わら》う。

「わたくしに何をしろと？」

「殿をお諫《いさ》めできるのはお吟殿しかおりませぬ」

「殿になんと申せばよいのじゃ。初音殿をお見限りなされ、若宮殿を忘れてはなりませぬとでも申せばよいのか」

お吟が冷やかな声で言う。

「そ、そんなことは……お吟殿は意地悪でございます」

「何を今さら。初音殿が殿のご寵愛を受けて三月《みつき》になる。その間、わたくしとそなたは用なし同然じゃ。されど時の流れのうちにはそういうこともあろう。初音殿が参る以前はそなたが寵愛を受けていた。その時のわたくしの気持ちを思いやってみるがよい」

その言葉は若い若宮には響かぬようで、

「あのいけずな初音殿をなんとかして下さりませ」

お吟は胸の内で罵《ののし》る。

(この女は若過ぎる、思慮も足りぬ。胸にあるのはおのれのことばかりではないか。役立たずのくせをしおって)

そこでハッと何かが閃いた。

「これ、若宮殿」

若宮がお吟を見た。

「真綿で絞めるか、いっそひと思いに息の根を止めるか」

怖い目を据えて言った。

「ええっ」

「どっちがよいかの」

若宮がうろたえて、

「な、何もそこまで……怖ろし過ぎまする、お吟殿」

「目の上の瘤《こぶ》がのうなると、すっきりと生きられる。違いますか」

「でも誰がそれを？ わたくしにはそんな怖ろしいことはできませぬ。それとも、お吟殿がして下さるのなら」

抜け目のない目で、下からお吟を見た。

「そちらから仕向けておいて、いざとなったら手は汚したくない。それでは事の成《じょう》就《じゅ》は相ならぬ」

お吟の言葉に、若宮は反撥《はんぱつ》する。

「わたくしにどうしろと？」

「血を見ずに初音を葬《ほうむ》るのじゃ。それなら加担致すか」

「は、はい、でも手立てが。お知恵を授けて下さるならなんでも致しまする。初音をこの屋敷から消し去りたいのです」

「近う寄れ」

若宮がすり寄ると、お吟はその耳に囁く。

「仏間の仏壇に殿が大事なものをしまっている」

「それはどのような」

「金無垢《きんむく》の大黒様《だいこく》じゃ」

「さぞ高価なものなのでございましょうな」

「本物であらば千両は下るまい」

「贋物《にせもの》なのですか」

「左様」

「殿もそれを承知で?」

お吟がうなずき、

「贋物と承知で殿はお気に入られ、お一人でお楽しみになられている。わたくしは殿に呼ばれて一度それを見ている。贋物とは申せ、見事な拵《こしら》えであった。その楽しみを奪われれば、殿がお怒りになられるは必至《ひっし》じゃ」

「そ、それをどうするのですか」

「そなたが盗み出し、初音の部屋に隠し置けばよい。騒ぎになり、大黒様が出て来れば初音は無疵《むきず》では済むまい」

若宮は「ひっ」と喉の奥で小さく叫び、烈しく動揺して、

「成敗されまするのか」

「血を見ずに初音を消し去れるぞ」

「そんな……罪深いではございませぬか、ほかに手立ては」

お吟は首を横に振り、

「それが一番じゃな、いいえ、それしか手立てはない」

若宮は考え込む。

「怖気《おじけ》づいたのか」

「あ、いえ、あまりのことに……」

「そうなれば元通りに殿のご寵愛はそなたに戻って参ろう。さあ、どうする。ここは正念場であるぞ、若宮殿」

「………」

お吟がぎらついた目で若宮を見据え、迫った。

息苦しさを覚え、若宮がお吟を見た。

六

直次郎は榊原の屋敷から目を離さず、付近を行ったり来たりしてうろついていた。遊び人の風体《ふうてい》では怪しまれるから、目立たぬ地味な小袖姿だ。

これまでも折りあらば駿河台へ来て、屋敷の人の出入りや動きをお夏と交替で探っていたが、今日はより弾みのつく思いだった。

政吉が顔見知りの役人から聞いたところによると、蜂屋仁兵衛から大金を借りていた大身旗本は榊原主計頭だと判明したからだ。昨日のことである。

その時はお夏を始め、六人の仲間全員で色めき立った。

以前に聞いた話でも、榊原から強引な取り立てをしようとした検校《けんぎよう》が大川に落ちて怪死を遂げているから、もはや蜂屋殺しは榊原に間違いないと、意見は一致した。

借金が嵩んで追い詰められると、榊原は兇刃を振るうのだ。おのれは天下人《てんかびと》のようにして頂点にいて、それ以下の人間はクズ同然にでも思っているに違いない。

（許せるもんか、榊原だけは）

それは榊原の尻尾《しっぽ》をつかみたい、突破口を見出したいという直次郎の一途《いちず》な思いだ。

三蔵村の虐殺を仕出かした榊原という男が、金輪際《こんりんざい》許せないのである。

表門から裏門へ廻って来た時、門が軋《きし》んだ音を立てて開き、そっと人が出て来た。

直次郎はとっさに土塀の陰に隠れる。

お高祖頭巾を被った奥女中風の女だった。だがそれらしく装っていてもその目許《めもと》、鼻筋でお吟だとすぐにわかった。供も連れずに独歩行だから、直次郎に閃くものがあった。

（こいつぁ怪しいぞ、お吟はどこへ行くつもりだ）

そう思い、すかさず尾行を始めた。

本所入江町の長屋の一軒を借り、羅門鵺太夫は無聊《ぶりよう》をかこつ日々を送っていた。

その長屋の裏手にあるもう一棟の長屋に、半病人の儀助が起居していて、鵺太夫はそれを見張るようにお吟に言われているのだ。

お吟からはこう言われていた。

「儀助が少しでも正気に戻ったなら、迷わず息の根を止めてくれい。情けはいらぬ。よいな、そこ元はそのために雇うた刺客なのだ。お役を全《まっと》う致せ」

元より刺客稼業ゆえ、鵺太夫に断る理由はなかった。

しかし儀助がどうして今のような躰になったのか、なぜお吟が殺害を命じるのか、説明は一切ないのだ。

そうしてお吟から結構な手当てを貰い、鵺太夫は不自由のない暮らしをしている。見張りだけの仮住まいゆえ、家のなかに生活の道具はほとんどなく、あるのは夜具だけだ。飲食は外で済ませ、戻って来れば儀助の様子を探りつづけている。

儀助は相変わらず寝たきりで、伜《せがれ》の時八の世話を受けていた。近所で聞いた話では、儀助には孫娘がいて、入江町の桔梗屋という岡場所で、白菊という名で女郎をやっている。

儀助の一家がどうしてそのような羽目《はめ》になったのか知る由もないし、鵺太夫としては興味もなかった。

鵺太夫が知りたいのは、なぜ儀助が正気に戻ったら息の根を止めねばならないのか、そこなのだが、お吟は決して明かそうとはしない。

その日も自堕落《じだらく》にも昼近くに起き、寝巻を脱いで着替えをしていると、お高祖頭巾のお吟が取り乱した様子で入って来た。

「その方、何をしていた」

突然のことに、お吟が何を言っているのかわからず、鵜太夫は面食らった。

「何がどうした」

「儀助が家におらぬ」

「なんだと」

鵜太夫は慌てて刀を取り、飛び出した。

歩行も困難で、歩けるはずのない儀助がどうやって外へ出たのか、鵜太夫は当惑している。

裏手の長屋へ来て儀助の家を覗くも、お吟の言葉通りに本人の姿は消えていた。夜具はそのままだから、今の今までいたのだ。付近を探し廻り、空地へ来て鵜太夫はハッとなって木陰に身を隠した。

儀助が杖《つえ》を使って歩いていて、時八と白菊が介添えをしてやっている。離れた所に女郎屋の男衆《おとこし》が白菊を見張っている。

鵜太夫は知らなかったが、儀助はそぞろ歩きができる程度には恢復《かいふく》していたのだ。二六時中見張っていたわけではないから、鵜太夫は気づかなかったのだ。

「よかったな、お父っつぁん、歩けるようになって。おれぁ嬉しいぜ」

時八が言い、白菊も笑顔になり、

「お爺ちゃん、あたしお爺ちゃんのことで願掛けをしていたのよ。きっとそれがよかったんだわ」

「すま、すまねえ、しんぺえかけて」

儀助も破顔し、嬉しそうだ。

鵜太夫の背後にお吟が立った。

「今宵、人目を避けて斬り殺せ」

「あ、ああ、しかし……」

「情けは無用と申したはず」

お吟が容赦ない口調で言い、身をひるがえした。

鵜太夫は苦々《にがにが》しい顔で、その後を追って行く。

儀助一家が遠ざかり、お吟と鵜太夫も立ち去ったところへ、今まで隠れて一部始終を見ていた直次郎が姿を現した。お吟をつけてここまで来たのだが、徒労ではなかった。

それにしても、信濃にいた鵜太夫がなぜお吟と行動を共にしているのか、直次郎には解《げ》せなかった。このような邂逅《かいこう》があるものか。

しかし運命の方が、直次郎に近づいて来たような気がした。

（そいつを切り拓《ひら》くのはこのおいらだぜ）

覚悟をつけた。

七

その晩は無月《むげつ》で、北風が吹きまくり、寒々とした宵だった。

儀助の住む長屋の路地に、鵜太夫の黒い影が入って来た。黒っぽい着物に頬被《ほっかむ》りをし、面体をわからなくしている。

住人たちは寝静まり、森閑《しんかん》としていた。

鵜太夫が油障子に手を掛け、そっと戸を開けた。とたんに表情を張り詰めさせた。

夜具はそのままに、儀助が姿を消していたのだ。

「くそっ」

血走った目で見廻したところへ、背後に気配があった。鋭く振り返った鵜太夫の目に、木戸門に立つ直次郎の影が飛び込んできた。

「なっ……貴様は」

驚きが口をついて出た。

直次郎は無言のまま、長脇差に手を掛けてじりっと近づいて来る。

鵜太夫がとっさに身をひるがえし、路地の奥へ逃げた。

すかさず直次郎が追う。

追う者と追われる者が消え去ると、路地の暗がりから儀助をおぶった熊蔵が現れた。

その両脇にお夏、政吉、岳全、捨三もいる。寒いので、儀助以外の全員が袖を鳶《とんび》にしているのがおかしい。

「危ねぇとこだったな、父っつぁん」

熊蔵が言うと、儀助は何も言わずにうなずいた。だが以前とは違って、その目に正気の光が戻っている。

「兄さん、父っつぁんを頼むわよ」

「任しとき」

お夏が儀助を熊蔵に託し、三人をうながした。

長屋へ戻ればいつまた刺客の襲撃があるか知れず、お夏が桔梗屋に口を利いてひと部屋を借りておいた。

北辻橋《きたつじばし》の上で、直次郎と鵜太夫は白刃を向け合って対峙《たいじ》していた。

橋の下を横川が荒々しく流れている。

その時、月が雲間から不意に顔を覗かせ、辺りを青白く照らし始めた。

「月の光が当たるとおめえの面《つら》は青鬼みてえに見えらあ。邪《よこしま》な心がそのまんま表れるんだよなあ」

「黙れ、若造」

「おめえがこの江戸にいたとは知らなかったぜ。どうやってお吟に拾われたんでえ。悪同士が仲良く吸い寄せられたってか」

「ほざくな、田舎大名が」

「はン、食い詰め浪人に言われたくねえぜ」

「とおっ」

鵜太夫が裂帛《れっぱく》の気合で斬りつけた。

直次郎は果敢に応戦し、身軽に跳んで長脇差を一閃《いっせん》させる。躱《かわ》す鵜太夫の片袖が斬られて裂けた。

「うぬっ」

怯《ひる》むことなく、鵜太夫が猛反撃に打って出た。刃風が直次郎の耳許で唸りを上げる。

しかし直次郎とて臆することなく、引き下がるを知らず、烈しく攻撃する。二人の足が入り乱れ、白刃の闘わされる金属音が耳障《みみざわ》りな悲鳴を上げた。

「ギャッ」

突如、鵜太夫の口から絶叫が上がった。

直次郎がハッと衝かれた目をやると、鵜太夫の首根に小柄《こづか》が深々と突き立っていた。

急所を刺され、洪水のような血が噴出する。

「あっ、くそっ」

直次郎が踏み出すと、遠くで黒い影が逃げ去って行くのが見えた。

そこへ駆けつけた政吉、岳全、捨三がバタバタと刺客を追いかけて行く。

直次郎とお夏は鵜太夫に屈《かが》み込んだ。

「おい、しっかりしろよ」

直次郎は鵜太夫を抱き起こし、懸命に揺さぶって、

「おめえにゃ聞きてえことが山ほどある、ここで死なれちゃ元も子もねえじゃねえかよ」

「うっ、ううっ」

もがき苦しみ、鵜太夫は直次郎の腕のなかで絶命した。

「畜生っ」

直次郎が地団駄踏む。

お夏は無念の吐息ひとつをつき、

「直さん、誰の仕業だと思う」

「こいつはお吟に雇われていた。その前は信濃の国表で小陸に雇われ、おれの命を狙っていたんだ」

「宿敵ってこと？」

「そうは思ってねえがな。こいつは刺客請負でずっと飯を食っていた。いつどこで死のうが腹ぁ括《くく》ってたんじゃねえのか」

「敵とはいえ、直さんと因縁《いんねん》があったと思うとなんだかもやついた気分だわ」

「刺客に情けは無用だろうぜ」

少し間があって、お夏はうなずき、

「そうね、その通りだわ」

お夏が鵺太夫の死骸に向かって一応は拝んでやり、立ち上がったところへ、政吉たちが駆け戻って来た。

「逃げられたの」

お夏が聞くと、政吉は悔しい顔で、

「逃げ足が速えのなんの、しかもよ、男か女かもわからねえんだぜ」

「これ、政吉よ、あれは女ではないかな」

岳全が言うと、捨三はへらへら笑って、

「岳全さんは女好きだからみんな女に見えるんだぜ。ありゃ男だよ、男」

「そうかなあ、愚僧にはしなやかな躰つきの女に見えたがのう」

「直さんはどう思う？」

お夏の問いに、直次郎は「なんとも言えねえな」と言って首を振る。

「直さん、あの儀助の父っつぁんだが、大分正気に戻っているようだ。話が聞けるんじゃないのか」

岳全が言うと、直次郎とお夏は無言で見交わし合った。

八

黒檀《こくたん》が鈍い光を放ち、仏壇は荘厳な威厳を誇っていた。

仏間といえども優に八帖はあり、染みついた線香の匂いには近寄り難いものがあった。

榊原家のそこへ、若宮は手燭の灯を片手で伏せて隠すようにしながら忍び入って来た。何度も出入りをしているから、勝手はわかっていた。以前に榊原に連れられ、お祈りをさせられていた。

その時は榊原の寵愛を受けている最中だった。榊原のご先祖様に手を合わせるということは、自分はこの屋敷では将来かなりの出世をするものと思っていた。誇らしく、心のなかでお吟を見下していたのだ。それがこんなことになろうとは、人生は一寸先は闇だとつくづく思った。

若宮は仏壇の前に座し、そっと観音扉《かんのんとびら》を開けた。位牌《いはい》の御本尊を祀《まつ》った裏側に、隠し棚があることを知っていた。そこへ気遣いながら手を差し入れ、まさぐった。ごつごつしたものが触れた。思わず表情が強張《こわば》った。それを握りしめて取り出した。

お吟が言った通りの金無垢の大黒様だ。お吟は贋物のようなことを言っていたが、その重さといい、金無垢の光り具合といい、どう見ても本物のように思われた。

これを初音の部屋に置けばよいのだ。見つかって初音が殿の怒りを買い、罰せられたら若宮の溜飲《りゅういん》は下がる。初音さえ消え去れば、またすべてが元に戻るのである。

その僥倖を得たい一心で大黒様を袖で隠し持ち、身をひるがえして戸口へ向かった。

だが障子は向こうから開いた。息を呑む若宮の前に榊原が立った。

「何をしている」

ずしんと重い榊原の声だ。

若宮はとっさに言葉が出ない。わなわなと唇が震える。覚束《おぼつか》ない足取りで後ずさった。逃げ出したかった。

榊原が仏間へ入って来て、後ろ手で障子を閉め切った。

「主家に仇《あだ》なすつもりか」

冷厳な榊原の声が響いた。

「い、いえ、違うのです。これにはわけが」

「どんなわけだ」

「それは……」

息苦しい。吐きそうだ。

「返せ」

「はい」

若宮が震える手で大黒様を差し出した。

榊原はそれを取り戻すと、愛《め》でるように撫で廻し、独白する。

「これを手に入れるに当たり、どれほどの苦労をしたか。当家にとって曰《いわ》く因縁のある代物なのだぞ。どんな因縁かなどはおまえに語る必要はないがの、しかし若宮」

「は、はい」

若宮はその場に慌ててひれ伏す。

「わしを裏切ったな」

「どうか、お赦《ゆる》し下さりませ。わたくしが間違っておりました。なんとも、お詫びのしようも」

苦しい顔を上げ、切に詫びた。

「詫びて済むものではない」

「お聞き届け下さりませ、お吟殿に言われてとんだ心得違いを。もう二度と致しませぬ」

必死で釈明した。

「お吟になんと言われた」

「あ、いえ、それはその……では申し上げまする」

若宮は決意の顔を上げ、

「殿は近頃初音殿にばかりご執心で、わたくしのことをお忘れでございます。それが口惜《くちお》しうてならず、初音殿に一矢報《いっしむく》いてやりたくなったのです。浅はかでございました。もうこのようなことは」

「お吟に入れ知恵されたのか」

「違います、わたくし一人の思案でございます。お吟殿は関わっておりませぬ」

榊原は疑いの目で、

「そうは聞こえぬぞ、若宮。お吟に罪をなすりつけるつもりだったのではないのか。すべてはお吟の指図と」

叩頭《こうとう》したまま、若宮は何も言えない。

榊原の太い腕がいきなり若宮の襟を強い力でつかむや、障子を開けて廊下へ引きずり出した。

若宮は泣き叫び、懸命に抗《あらが》う。

「殿、お赦しを」

榊原が若宮を足蹴《あしげ》にして縁側から庭へ落とし、すかさず追って脇差を抜き放ち、

「成敗してくれる」

叫んで逃げる若宮の後ろから、榊原が脇差で背を刺した。その目に狂気がみなぎっている。さらに動けなくなった若宮を、榊原は血に飢《う》えた獣のように刺しまくる。

その光景を廊下の暗がりから、お吟と白鳥主膳が冷酷な目で見ていた。

やがて二人はどちらからともなく誘い合わせ、姿を消した。

お吟の部屋で親子は向き合って座した。

「お吟、先ほどの話だ。どうにも腑《ふ》に落ちんではないか」

「へえ、わけがわからなくて困っておりますのさ」

相手が父親だけに、お吟はぞんざいな言い方になる。

「いったい誰が羅門とやら申す刺客を眠らせたのだ。おまえではないのだな」

「違いますよ。あれはまだ使い途のある男と思うて飼っておりました。例の人足の生き残りを見張らせていたところ、何者かに引っ張り出され、敢《あ》えなくも。もっと気に入らないのは、わたしの所に羅門が殺されたという知らせが来たことです。所持品のなかからここへつながる書き付けが出て参り、町方が知らせに。町方の手が入る心配はいりませぬが、それにしても父上、不快でなりません」

「うぬっ、何者かがわれらのことを調べてでもいるのか」

「へえ、そうとしか」

「何者だ、どこの誰なのだ。その命知らずめは」

お吟は冷笑し、

「父上、それは調べようがないのでは。二人して数限りなく悪事を重ねておりますれば、何人、いえ、何十人の者たちに怨《うら》まれているか知れませぬ。わたしの背中にはいつもいつも怨嗟《えんさ》の声が貼りついておりますのよ」

白鳥が醜く顔を歪め、

「ぞっとする話ではないか。滅ぼされし弱者には元より運がないのだ。この世は生きる残るか滅びるか、二つに一つしかあるまい。おまえはその怨嗟の声が平気なのか、息苦しくはないのか」

「うふふ、腹を括っておりますれば、何も響きませぬな。この世は太く短くでございますよ、父上」

婉然《えんぜん》と笑う娘に、白鳥は圧倒される思いがした。

「おまえという娘は……」

「父上には正妻もお子様もおられて、侍長屋で暮らしておられる。弟千之助《せんのすけ》の年はわたしに近く、いつも遠くから眺めやってはご立派に成長致したなと思うておりますのよ。お世継ぎがいてようございましたな」

「わしを怨んでいるのか、お吟」

「とんでもない。これでも分をわきまえているつもりですから、表立とうなどとは。

どうかご心配なく。世間体では白鳥主膳と親子であることをひた隠しにし、わたしはこの屋敷では殿の側女として寵愛を取り戻せればそれでよいのです。この屋敷で骨を埋める覚悟でおりますのさ」

「おまえに殿のお手が付くことを願って賭けてみた。それがこっちの思惑通りに事が運び、わしは美しい娘を持ったことに感謝した。以来、当家におけるわしの地位は揺るぎない。礼を申すぞ、お吟」

「いいえ、わたしは所詮《しょせん》水茶屋女の隠し子、日陰の身なのですからこれでよいのですよ」

日陰者の暗さなど、お吟には微塵《みじん》もなかった。

九

お夏の機転で、桔梗屋の亭主に頼んで粥《かゆ》を出して貰った。

湯気の立った汁椀を手にすると、儀助は目を潤《うる》ませ、目の前に座した直次郎とお夏を見た。

「ご馳《ち》ンなりやす」

言葉少なだが、語気はしっかりしていて、儀助がすっかり立ち直ったことを証明していた。

直次郎とお夏は期待の目になる。

「おいしい？　父っつぁん」

お夏に問われると、儀助は表情を綻《ほころ》ばせ、静かにうなずいた。

「それじゃ儀助さん、三蔵村であったことを有体に言ってくれる？」

たちまち儀助は暗い目を落とす。

「あんなひでえこと、おら初めてだ」

そう言ったまま、押し黙った。

沈黙が長いので、お夏がじれたようになって、

「伜の時八さんが博奕に狂って、孫娘のお菊さんを苦界《くがい》に沈める羽目になったのよね。それで儀助さんは嘆き悲しんで、お菊さんを助け出そう、なんとか金を稼ぐ手立てはないものかと足掻《あが》いていた。三蔵村の人足の話が舞い込んだのはそんな時だったんでしょ。救いの神みたいな話だわ。お手当ては幾らだったの？」

「一月《ひとつき》働いて三両ってことだった。そんな高え金くれる仕事なんてあるもんじゃねえよ」

「仕事の中身は？」

「土ンなかに埋まってるあるもんを探し出してくれりゃいいって言われた。言ったな、白鳥主膳様という御方だった」

お夏は息を詰めるようにし、直次郎と視線を交わして、

「そのあるものってのは？」

「金無垢の大黒様だと聞いた。なんでそんなものがそこに埋まってるのか、白鳥様に聞いても最初は教えちゃくれなかった」

「白鳥様って、お旗本榊原家のご用人様のことね」

「ああ、そうだが……」

儀助がまた黙り込んだ。

「どうしたの」

さらにお夏だ。

「ありゃ人間じゃねえ」

腹の底から汚泥《おでい》でも吐き出すような声で、儀助は言う。

そのわけは後で聞くことにして、お夏は話を先に進める。

「探しものは見つかったの」

儀助が微《かす》かにうなずき、

「三月《みつき》かかって、三月目に仲間の一人が掘り当てた。本当に金無垢の大黒様だった。誰がこんなものをこんな所に埋めたのかと仲間が聞いたら、そうしたら白鳥様は言うつもりはなかったみてえだったが、ぽつっと言った。盗んで埋めたな、牛若の五郎蔵という盗っ人《ぬすっと》だと」

お夏が険しい目になって、

「妙な話ね、儀助さん。天下のご直参《じきさん》の榊原様ともあろうお人が、そんな盗っ人が盗んだ代物を追いかけていたってわけなの」

「違う」

「えっ、何が違うの」

お夏は追及する。

「元々榊原様のお屋敷にあったものを、牛若の五郎蔵が忍び込んで盗んで行ったみてえなんだ。そいつを白鳥様は躍起《やっき》になって探していて、いろいろ裏から手を廻して、下手人が牛若の五郎蔵だってことがわかった。だから穴掘りにおれたちを雇うめえに、五郎蔵を追いかける連中がいたんだ」

「それはどんな人たちなの」

さらにお夏だ。

「榊原様の顔で、幕府のお役人が何人か手を貸したようだ」

「そいつぁどんな役人なのかな、儀助さん」

直次郎が初めて口を開いた。

「聞いたことのねえ名めえだったな」

儀助は少し考えて、

「そうだ、お先手組《さきてぐみ》とか言ってたぜ」

お先手組なら納得できた。弓組と鉄砲組とに分かれ、役務としては将軍の親衛隊だ。そのなかから火附盗賊改め方《ひつけとうぞくあらためかた》を輩出《はいしゅつ》するから、探索はお手のものなのだ。儀助などの庶民には馴染《なじ》みはないはずだった。

「お先手組のさむれえが榊原様に頼まれ、牛若の五郎蔵を追いかけて捕まえたと、そういうことなんだな」

直次郎が念押しした。

儀助はうなずく。

五郎蔵の口から、金無垢の大黒様を埋めて隠した場所を吐かせ、用なしとなった五郎蔵を大川に沈め、それから儀助ら八人の人足を雇って三蔵村に行かせたのだ。その隠し場所が榊原家の知行所だというのも、妙な因縁ではないか。

　直次郎はそう思い、緊張の顔を寄せて、

「そこでだ、儀助さん、肝心の話を聞かせてくんな。おめえさんたちが大黒様を見つけ出したその後のこった」

「そ、そいつぁ……」

　儀助は暗く沈み込む。

「儀助さん、この際だからなんでも打ち明けて」

　お夏が迫った。

「あいつらは鬼だ」

　その言葉の重さに、直次郎とお夏は沈黙する。

「白鳥様は大黒様を手にすると、上機嫌になって山の休み小屋でおれたちに酒を振舞ってくれたよ。白鳥様はおれたちの給金のへえった金包みをこれ見よがしに見せて労をねぎらっておき、一緒に酒を飲みながら金の使い途《みち》なんぞをおれたちに聞いてきた。一月で三両、三月で九両、八人分として七十二両の大金だ。九両じゃお菊の身請け金にゃ大分足りねえが、後は桔梗屋と相談すりゃなんとかなると思って、おれぁおれなりに胸算用して心が浮き立った。早くお菊を救い出そうと焦ったぜ。ところが

「……」

直次郎とお夏が思わず身を乗り出す。

「その日は月の出のいい晩で、白鳥様は月がきれいだと言っておれたちを表に誘った。そこにゃご家来衆が五人ほどいて、白鳥様が合図するや、皆で一斉に刀を抜いて襲いかかって来たんだ。まるで地獄だったぜ。仲間たちは情け容赦なく次々に斬り伏せられた。おれぁもう逃げることに必死で、山ンなかを無我夢中で走ったよ。白刃を握った追手がぐんぐん迫って来た。もういけねえと思ったとたんに、おれぁ山ンなかの深え穴ンなかに落っこっちまったのさ。その穴も底無しの地獄みてえで、おれぁここでおっ死ぬものと思って目を閉じた。真っ暗な穴ンなかだったから、追手にも見つからなかった。丸一日ほどそこで気を失っていて、次の日に目覚めて穴を登って、ようやっと日の目を見れたけど、その後のことが思い出せねえ。どうやって江戸まで辿り着いたのか、今でもはっきりわからねえのさ」

十

直次郎とお夏は当てもなく横川沿いを歩いていた。

吹く風が冷たい。

「春はまだ遠いわねえ」

「ああ、そうだな」

「まだまだわからないことだらけだわ、直さん」

「ああ、そうなんだ。でえちよ、金無垢の大黒様なる代物が榊原家とどんな因縁があるのか。牛若の五郎蔵はなんで大黒様を狙ったのか、誰かの指図なのか入れ知恵なのか。またそれをなんだって榊原家の知行所へ埋めたのか、偶然だったらでき過ぎだし、なんぞ狙いがあったとしたらもっとわからねえ」

「それに儀助さんは口封じに命を狙われているのよ。あの時、あたしたちが間に合わなかったらお陀仏《だぶつ》になっていたわ。それに直さんと顔見知りのあの刺客を誰が仕留めたの。あれも口封じでしょ」

「刺客の浪人者を雇ったのはお吟じゃねえかと思うんだ。白鳥と親子なんだから、娘が裏で働いてもなんの不思議もねえや。だとすると、別口がいるってことになる。榊原の屋敷にゃ魑魅魍魎《ちみもうりよう》がひしめいているみてえに思えるぜ」

お夏が嘆息する。

「ああっ、いつまで経っても光が見えてこないわねえ」

「どっちにしろ、近え日におれたちゃ榊原と対決しなけりゃならねえ。そうしねえと事は収まらねえんだ。榊原を追い詰めてぎゃふんと言わせてえが、それをするにゃもっと材料がねえとな」

「動かぬ証拠、それに生き証人ね」

不意に直次郎が立ち止まり、

「ちょい待ち、お夏」

「何よ」

「おれたちゃなんでこんなことに一生懸命になってるんだ。どうでもいいことかも知れねえんだぞ」

お夏は強い目で直次郎を見て、

「そんなことはないわ、直さん。七人の人足たちを無慈悲に斬り殺した悪い奴らが、あたしたちの住むこの江戸にいるのよ。それをそのままで見過ごしにできる？　七人は名もない人たちかも知れないけど、それなりに生きてきたのよ。親や兄弟、家族や子供もいたでしょう。楽しいことも悲しいこともいろいろあったと思う。それを騙《だま》し討ちにして、命を奪った。口を拭っている奴らが許せない。放っとけないのよ」

お夏の気魄《きはく》に、直次郎はたじろいで、

「お夏、おめえって奴ぁ……」

「あたしが何？　言って」

「一本気なんだな、まるで田舎の一本道みてえだぜ」

「田舎は余分でしょ」

「おめえの顔を見てたら、ふっと田舎が浮かんだのさ」

お夏が笑いを怺《こら》えて、

「言ってなさいよ、そうやって」

「まっ、ともかくおめえは強えよ」

「だから？」

「そこいらの男なら惚《ほ》れるとこだろう」

「あんたはどうなの？」

「お、おれぁおめえ、そう簡単には」

「簡単には惚れないって？　上等よ、こっちだって願い下げだわ」

直次郎がムッとして、

「何もおめえ、そこまで言わずとも。一本気もいいけどよ、それじゃ婿《むこ》は見つかるめえ」

「大きなお世話よ。あたしはこうして生きて行くの。お節介焼《せっかい》かないで」

「タハッ、これだよ」

お夏が足早に行き、直次郎が慌てて後を追った。

するとそこへ、榊原家の周辺を探りに行っていた熊蔵と政吉があたふたと駆けて来た。

「おいおい、妙なあんべえになってきたぞ」

政吉が言うのへ、お夏が問う。

「何があったの」

「榊原家の裏門から大八車が出て来てよ、うさん臭えと思ったから二人でつけたんだ。大八車にゃ菰《こも》を被せた骸《むくろ》が乗っていて、中間が引いてやがった。菰から花柄の小袖が覗いていたから骸《むくろ》は女だぜ」

「行く先はどこなんだ」

直次郎に聞かれ、さらに政吉が答える。

「下谷車坂《したやくるまざか》の西光寺《さいこうじ》、つまり投げ込み寺だ」

「投げ込み寺？　そりゃなんのことだ」

直次郎の問いには、熊蔵が説明する。

「西光寺ってな、正式な和尚のいねえ寺なんだよ」

「そんなの有りってか」

　直次郎が目を剝く。

「そこにゃ鎮西《ちんぜい》って願人坊主《がんにんぼうず》が住みついていてな、行き倒れや変死人の骸を引き取っちゃ埋めてるんだ。結構な金を取るが鎮西の口は固くって、秘密が漏れるしんぺえはねえ。担ぎ込まれる骸のほとんどは、おおっぴらにできねえもんらしいぜ」

　願人坊主とは物乞《ものご》い同然の坊主のことだ。

「おいおい、そんなことが罷《まか》り通っていいのかよ。行き倒れや変死人はまだしも、そのなかには殺されたのもあるんじゃないのか。どうして役人は黙ってるんだ」

　直次郎の義憤《ぎふん》に、政吉は反論する。

「いいか、直さん、世間の裏ってな、口を差し入れちゃならねえこともある。お奉行所は忙しくって、変死人の類にいちいち取り合っちゃいらんねえんだよ。鎮西のお蔭で奉行所も助かってるんだ。持ちつ持たれつってことさ」

「そんな馬鹿な。ろくに調べもしないでとむらっちまって、もし人殺しだったらどうするんだ。殺された奴は日の目を見られねえじゃねえか。おめえさん方はふた言めには世間の裏って言葉を使うが、おれぁはっきり言って嫌いだな。どんな変死人でも、ちゃんと役人が検屍《けんし》した上でまっとうに扱ってやるべきだろうが」

熱くなる直次郎をお夏が諫めて、

「直さん、気持ちはわかるけど、骸を調べる方が先よ。鎮西はあたしも知ってるの。決して悪い人じゃないわ」

では投げ込み寺の西光寺は必要悪なのか。若い直次郎には到底納得できる話ではなかった。

十一

直次郎とお夏は取るものも取りあえず、下谷車坂の西光寺へ駆けつけた。

そこは寺というより廃屋で、屋根は一部抜け落ちて屋内の壁は崩れ、雑草は人の身の丈《たけ》を越えて、樹木は蔦《つた》の重さで垂れていた。

異臭も漂い、こんな荒れ果てた寺に訪れる人とてなく、二人が踏み行った時、和尚の鎮西は庭で焚《た》き火《び》をしていた。身に纏《まと》った衣《ころも》は襤褸《ぼろ》だ。

「鎮西さん、今日担ぎ込まれたばかりの骸があるでしょ。顔を見たいの」

老齢で人を食った顔つきの鎮西は、お夏のことを既視感《きしかん》のある目で見て、

「おおっ、憶えておるぞ、確かお夏とか申したな。いや、お冬《ふゆ》だったか」

「夏です」

「ふむふむ、別嬪《べっぴん》さんにますます磨きがかかったではないか」

持ち上げ方はかなりの俗物らしい。

「以前に来た時は、おまえさんは行き倒れの婆さんの骸をおぶっていた。可哀相《かわいそう》だからとむらってやってくれと頭を下げられたんで、わしも阿漕《あこぎ》なことは言わずに引き受けた。それ以来であるな」

「そうよ、世間じゃ悪く言われてるけど、あたしの目には鎮西さんはいい人に見えたわ。投げ込み寺をまだやっていたのね」

「わしがやらずして誰がやるかね。ここに担ぎ込まれた骸は一応はわしの手で手厚く葬られることになっている。大川に身投げして無縁墓に葬られるよりはましじゃろうて。おまえさん方の探している仏はまだ奥にいるよ。こっちへ来なさい」

鎮西が二人を案内して寺の裏土間へ行く。

板が所々抜け落ちた板の間に、顔に白布を被せた骸が横たわっていた。

「まだ年若い娘御での、不憫《ふびん》じゃのう」

鎮西はもっともらしく、ひとしきり仏に拝んだ。やがて二人に席を譲り、立ち去った。

直次郎が上がり込み、仏の顔から白布を剝ぎ取った。若宮だ。お夏も横から覗き込む。

「ああ、この人、側女の若宮だわ、間違いない」

「そうか。ちょっと待ってくれ」

若宮の躰を調べ始め、まず胸元を広げて白い肌に見入った。小ぶりな乳房にはどこにもおかしな所はなく、肩や腹にも異常はない。さらに骸を後ろ向きにして、直次郎はサッと表情を引き締めた。背中に大きな膏薬《こうやく》が貼ってある。ピンときてそれを剝がすと、深い刺し疵《きず》が幾つもあった。膏薬はそれを隠すためだったのだ。

「ひどい、刺されたのね」

お夏も緊張の面持ちで言う。

「やったな外の人間じゃあるめえ。屋敷ンなかの誰か、一番考えられるのは殿様の榊原だろうぜ」

「殿様が若宮を手に掛けたっての」

「それだけのわけがあったのさ。こいつぁ人殺しだから、寺としちゃお寺社方に知らせなくちゃならねえはずだ。こういうことがあるからおれがさっきからやかましく言ってるんだぜ」

「待て、殺しだったのか、その娘御は」

声があって、茶を二つ持った鎮西が慌てて戻って来た。そうして鎮西は、直次郎の指す若宮の背の刺し疵を見て、

「な、なんということじゃ、これは殺しであるな。わしの手抜かりであったぞ。どうしたらいいんじゃ」

「お寺社方に届けるしかあるめえ」

直次郎に言われ、鎮西はしどろもどろで、

「いや、それがその、そういうわけにも」

困り果てている。

お夏が助け船を出して、

「直さん、鎮西さんは正式な和尚さんじゃないのよ。どっかから流れて来て、勝手にここに住み着いて骸の始末をやっているの。だからお寺社方に届けを出せる立場じゃないわ。そうでしょ、鎮西さん」

「あ、ああ、わしは罪を犯しているつもりはないが、素性《すじょう》を調べられたら不都合なことも多少はある。なあ、若い人、黙っていて貰えんかの」

直次郎は怒ったような顔だ。

お夏が取りなすようにして、

「勘弁して上げよう、直さん。あたしたち、鎮西さんをとっちめるためにここへ来たわけじゃないんだからさ」

「頼む、お若い人」

鎮西が直次郎に向かって三拝九拝《さんぱいきゅうはい》した。

直次郎は仏頂面《ぶっちょうづら》のままでいたが、鎮西には何も言わずに、お夏をうながして寺を出た。

「お夏」

前を見たままで直次郎が言った。

「うん、あたしの言うこと聞いてくれて有難う」

「榊原の屋敷に二人してへえらねえか」

「いつ？」

お夏が緊張して問うた。

「今宵だ」

「忍び込んで何をしようっての」

「金無垢の大黒様とやらを頂くってのはどうでえ。榊原が取り戻して持ってることはわかってるんだ」

「そんなあ……なんのために？　大黒様はあたしたちの狙いには入ってなかったわよね」

「大黒がなくなったらどんなことになるか。巣をつつかれた蜂みてえに大騒ぎンなったら面白えじゃねえか。そうすりゃ魑魅魍魎が姿を現して、いろいろ見えてくるかも知れねえぜ」

十二

夜の夜中に、初音は何本もの小柄の刃を研《と》いでいた。

榊原の屋敷の初音の部屋で、室内に油紙を広げ、水を入れた小盥《こだらい》と砥石《といし》を持ち込み、人知れず研いでいる。人払いがなされ、余人の姿はない。

研ぎ上がってくる刃物が、しだいに光り輝いてくる。

初音は手を止め、その刃先を眼前に持ってきてうっとりと眺め入った。暗い情念の目になる。おのれの内に突き上げてくるものがあって、身震いしたくなる。

初音にとって、この世に刃物ほど好ましいものはないと思っている。刃物は冷酷な心を持っていて、人に容赦がない。人の感情をぶった切り、息の根を止める。

父親は腕のいい刀鍛冶《かたなかじ》だった。

鍛冶町《かじちょう》の家はさほど大きくはなく、ふた親と弟子が二人いて、後は母親、初音、弟だった。

初音の瞼には、今でも父親の二間四方の仕事場がよみがえってくる。鞴《ふいご》、金槌《かなづち》、鉄床《かなとこ》、鉄箸《てつばし》らの諸道具さえなつかしい。烏帽子《えぼし》を被り、衣服を正した父親が弟子たちと白刃を叩いている。土炉《つちろ》からの炎に煽《あお》られ、三人は汗だくになっている。その汗が動きと共に飛び散っている。

しかしそれらの光景は三年前の幻影で、今は跡形もないのだ。十六だった初音は十九になり、ふた親も弟もこの世にはいない。弟子たちも離散した。鍛冶町の家はすでに人手に渡り、別人が住んでいる。初音に帰る所はもはやないのである。

そうなったのが初音の定めだとしたら、運命に逆らうことはできない。いや、そうではない。これから初音のやろうとしていることも、運命なのだ。それでこの先の浮世を切り拓くつもりだ。

事の成就を願って、悲母観音《ひぼかんのん》にでも縋《すが》りたいような気持ちである。

静かな足音が聞こえてきた。

初音はハッとなり、しかし決して慌てることなく、研ぎ上がった小柄をすばやく隠し、小盥や砥石をしまい込み、取り繕《つくろ》った。

榊原が襖を開けて顔だけ覗かせた。

「まだ寝てなかったのか」

「はい」

「伽《とぎ》を命じる」

厳然とした声で言った。

「有難き幸せに存じまする」

夜伽の下命があまりに急だとは思ったが、初音は無機質な顔で答え、叩頭した。

榊原の寝所で初音は全裸にされ、愛撫《あいぶ》を受けていた。榊原は執拗《しつよう》に舌を使い、全身を舐《な》め廻す。なめくじの這っているようなその感触がいつまで経っても馴染めず、それでも初音は懸命に歓喜を装っている。感極まったような声がどこから出るのか、自分でも不思議でならない。愛撫に応え、身をくねらせ、応えているうちに躰の芯《しん》が燃えてきておかしくなってきた。骨の髄《ずい》まで教え込まれている自分がわかる。

これが始まると、従順な下女のようになって何も考えられなくなる。しかし本性はそこにはないのだ。

(あたしの本性はおまえの心の臓を狙っているのよ。そのような悲願を持っているのよ。恐れ入るがいいわ、榊原主計頭)

おのれに言って聞かせる。

「あっ、ああっ」

われ知らず、初音の口から張り裂けるような喜悦《きえつ》の声が漏れ出た。同時に榊原も頂《いただき》に達した。めくるめくような時に終止符《しゅうしふ》が打たれた。

それで終わったかに思われたが、しかし榊原は夜具の下に隠し置いた小柄を手にし、まったくの無表情で初音の肩先深くを刺したのである。

「ひっ」

激痛に初音が顔を歪め、険しい目になって榊原を見た。

「今生《こんじょう》の別れぞ、初音。おまえのことは気に入っていたのだ。何も知らぬうちは愛《め》でる気持ちさえあった」

「な、なぜ……」

「おまえは鍛冶師山城助広《やましろすけひろ》の娘ではないか。それが判明せし時には、人の怨みの怖ろしさがようわかったぞ」

　初音は脱いだ夜着をたぐり寄せ、疵口を応急に塞いではいるものの、烈しい出血は止まらない。鮮血が白い肌に流れ落ちて行く。

「わたくしのことがわかっていながら、飼い殺しにしていたのですか。おまえ様はよくぞそんな悪鬼で生きられますな」

「今頃わかったのか。そうじゃ、わしの正体は悪鬼なのじゃ。人面獣心《じんめんじゅうしん》と思うがよい。名家に生まれし直参者の孤独など、おまえ如きにわかろうはずもないわ」

　榊原が動ずることなく、ほざく。

「わかりませぬ、ええ、わかりませぬとも」

「おまえは身分を偽《いつわ》り、わしに近づいて一《いち》か八《ばち》かの勝負に出たのであろう。その術策に嵌《は》まり、わしはおまえを見初《みそ》めた。おまえという側女を得て、わしはほかの女が目に入らなくなった。しかしわしの悪い癖が首をもたげての、幸せはすぐに疑るのだ。ひそかにおまえを調べさせ、山城助広の娘であることがわかった。その時は愕然《がくぜん》となったわ。わしの疑念は間違うてはいなかったのだ」

　初音は身をよじり、榊原から少しでも逃げるように腰で後ずさり、

「どうしてあんな酷《ひど》いことを。この世でわたしはたった一人にされたのですよ。父親

も母親も、弟までも。わたしは生きて行く術《すべ》さえ奪われて。死のうと考えたこともあります」

榊原は残忍な目に狂気さえみなぎらせ、

「死ねばよかったではないか。さすればわしとこんなことにはならなんだ。おまえを失う悲しみも味わうことはなかった」

「そんな戯《ざ》れ言《ごと》、聞く耳持ちません」

部屋の外へ逃げようとする初音を捕らえ、榊原は乱暴に引き戻して組み敷き、

「おまえは手裏剣《しゅりけん》投げを身につけてわしに臨んだ。いつの日か、わしの油断を見て突き刺すつもりでいたのであろう。つまりはこっちがひと足早かった」

榊原はうす笑いを浮かべて言い、

「博徒の蜂屋仁兵衛が襲来してきた時、おまえは助勢に入ってわしを救った。あれがきっかけでわしはおまえに疑念を抱き、調べさせたのだ。雉《きじ》も鳴かずば撃たれまいにのう」

「あ、あれは……取り入るつもりのわたしの深謀遠慮《しんぼうえんりょ》が裏目に出たのですね。いっそあの時あの場で、殿を刺しておけばよかった」

「ふふっ、後悔先に立たんの」

「なぜわたしの家族を、なぜ」

苦しい息の下で初音は言う。

「おまえの父親が無礼を口にしたのだ。百両で新たな刀を作れと命じたが、それをあ奴は断りおった。わしが百両の刀を持つにふさわしくないようなことを申しおった。たかが鍛冶師の分際《ぶんざい》で、腸《はらわた》が煮えくり返ったぞ」

「そ、それならお父様が正しかったのです。殿のお心は不純でございますから。不純で、汚れて、殿など大嫌いでございます」

「うぬっ、こ奴めが」

榊原が初音の腹を刺した。

呻《うめ》いて悲痛な声で叫び、初音は苦しみ悶《もだ》える。

「それがゆえわしは夜盗を装い、おまえの家に押入ってふた親と弟を手に掛けた。おまえはその日、親類の家に泊まりに行っていてわしとは顔を合わさなんだ。娘がいることは知ってはいたが、そのままに捨てておいた。後日におまえも始末しておくべきであったな」

「ううっ、ああっ」

血まみれの初音が畳を這う。

「この拝領屋敷にいてわしは何もかも知っている。家臣や奉公人の出自やら動静など、どんなことでも把握《はあく》している。おまえに関しては上手《じょうず》の手から水が漏れたが、したが結句《けっく》はこうなった。わしの目は誤魔化《ごまか》せんのだ」

必死で逃げる初音に、榊原はぎらついた目で馬乗りになった。

「お吟が秘密に雇いし浪人のことも知っているぞ。あの浪人を小柄で仕留めたのはおまえだ。なぜ手に掛けたか」

「そ、それは……」

「申せ」

「お吟殿の力を削ぎたかったのです。何ゆえ雇ったかは知らぬまでも、あの浪人がこの先何をするか。あるいはお吟殿の指図で、わたしを狙うやも知れませぬ。殿を討ち果たすのはこのわたしなのに、余人に邪魔されたくなかった」

初音は榊原をはねのけ、血の海のなかでのたうち廻り、手を伸ばして戸口へ近づく。

そこでまた叫んだ。

「あうっ」

追い迫った榊原が、初音に被さって小柄で首を突き刺したのだ。

「くっ、くうっ」

初音が呻いてこと切れた。

その死を確かめ、榊原は荒い息遣いで立ち上がった。そこで気配に気づき、背後に鋭い目を走らせ、身をひるがえして襖を開けた。

お吟が凍りついたような白い顔で佇立していた。

榊原が何も言わずに睨み据えると、お吟は腹を括《くく》り、落ち着き払った顔を昂然《こうぜん》と上げて言上する。

「殿とわたくしは同族のようでございまするな。共に人の血を流し、肉を食ろうて生きているのです。殿が何をなされても咎めは致しませぬ。得心が参りまする。今宵のこともなかったことに」

「わしにはわかっている。おまえは若宮に金無垢の大黒を盗ませ、初音に罪を被せんと画策をした。なぜそのようなことを」

「おわかりになりませぬか」

「わからん、おまえの心など知るものか」

「殿を心の底からお慕い申し上げているからでございます。この世にはわたくしと殿しかおりませぬ。ほかの女など屑《くず》同然ではございませぬか」

「若宮に仕留められし浪人者、おまえはなんのために雇うた」

「さあ、それは……わたくしの気まぐれでございましょう」

「ゆくゆくはそ奴にわしを狙わせようとしたのではないのか」

「どうしてわたくしが殿のお命を」

「おまえは魔性だ、何を考えているか知れぬ女よ」

「殿、もそっとわたくしを信じて下さりませ」

お吟は背伸びして榊原に躰を密着させ、頰に頰を寄せ、榊原の唇を吸った。唇が重なるなかで、不意に榊原が「うっ」と呻き、お吟の躰を乱暴に突き放した。お吟がよろめく。

榊原は唇をお吟の歯で切られたのだ。血がひと筋、流れ落ちる。

「御免遊ばせ」

ふてぶてしい笑みを浮かべ、それだけ言うとお吟は消え去った。

榊原は茫然《ぼうぜん》と立ち尽くしたままでいる。

反対側の襖一枚向こうに、直次郎が潜《ひそ》んでいた。

初音の殺戮に息を吞み、慄然《りつぜん》とした思いでいるところへ、さらに追い打ちをかけるようにしてお吟が現れ、その榊原へのあしらいである。悪党同士の深淵《しんえん》を覗いた思いで、直次郎は衝撃を受けていた。

そこへ音もなくお夏が入って来た。

二人は黒装束姿で、長脇差を帯びている。

何か言いかけるお夏の口を「しっ」と指で封じ、外へうながす。寝所で何があったのか、お夏は知りたがっている。

直次郎は手真似《てまね》で黙らせておき、さらにお夏を誘い、奥の院の雨戸を外して真っ暗な庭へ出た。

鬱蒼《うっそう》とした植込みのなかに二人は潜み、小声のやりとりになる。

「何があったの、直さん、顔色が真っ青よ」

「初音が殺された」

「ええっ、なんでよ」

「初音ってな刀鍛冶の娘だったらしい。けど榊原と父親の間に諍《いさか》いがあって、怒りを買って家族みんなが滅ぼされた。初音はその仇討《あだうち》に名も姿も変え、側女になった。虎視眈々《こしたんたん》と機会を窺ううち、榊原に正体を見破られ、今宵お手討ちとなっちまった」

「むごい話ね。榊原はそばにいる女をみんな手に掛けないと気が済まないのかしら。とても尋常じゃないわ」

「怖ろしい男だな」

その後のお吟の登場に関しては、今は気持ちの整理がつかず、ここでは言えない。

「どうだい、お夏、屋敷中探したんだろ、大黒様は見つからねえのか」

お夏は悔しそうに首を横に振り、

「それが、どこにもないのよ。お武家さんたちがお定まりにものを隠す、仏壇の周りも調べたけど駄目だった」

「土蔵はどうだ」

「忍び込んだけど武具甲冑《ぶぐかっちゅう》の類ばかりだったわ。榊原ほどの大身だと、大商人並に千両箱が積んであってもおかしくないのに、蔵に金箱は一つもなかった。やっぱり金に困ってるのよ」

「ならいいや」

「よくないわ、まだ夜は長いのよ。一緒に探してよ」

「こんな所にいつまでもいるもんじゃねえ。捕まっちまうぜ。いいから先へ進もうじゃねえか」

「先って、どこへ行くの」

「とりあえず腹ぺこなんだ」

「夜鳴き蕎麦《そば》ね」

「わかってるねえ、大家さん」

「こら、それを言うな」

軽口を飛ばしていても、直次郎の脳裡《のうり》にこびりついた初音殺しの残虐《ざんぎゃく》や、その後のお吟と榊原とのやりとりなど、あまりに衝撃が強く、それらのことはすぐに頭から離れそうもなかった。

十三

古狸屋の奥の間に、直次郎、お夏、熊蔵、政吉、岳全、捨三が寄り集まっていた。

渋茶が出され、一同はもぐもぐと草団子《くさだんご》を食らっている。

「よっ、遂に来たぜ、これだよ」

熊蔵が結び文のような赤い紙片を見せつけて、

「これが闇市場の呼び出しなんだ」

直次郎が紙片を手にして見入る。

そこに書いてあるのは、『竜宝寺《りゅうほうじ》』という寺の名と、『十日』と記された日時だけだ。

「この竜宝寺ってのはどこにあるの」

お夏の問いに、熊蔵が答える。

「深川の扇橋町《おうぎばしちょう》だ。時刻は書いてねえがよ、市は暮れ六つと決まってるんだ」

「扇橋町の竜宝寺ならわしがよう知っておるよ。お武家屋敷ばかりの寂しい所じゃな。確か竜宝寺は和尚が女と駆け落ちして無人寺のはずなんじゃが」

岳全が言うと、捨三がにやっと笑って、

「助平坊主のお仲間じゃねえか、岳全さん」

「黙んなさい。いい加減にわしの色坊主の貼り紙を剝がしてくれんかの。今ではきっぱり心を入れ替えたつもりなんじゃ」

「ハハハ、すまねえすまねえ」

「兄さん、十日なら明後日《あさって》ね。市に出るの」

「出ねえと次に誘いが来なくなる。といってよ、何か出物を持ってかなくちゃ相手にされねえ。弱っちまったなあ」

「なんでもいいじゃねえか、そこいらにあるもんでよ。おっ、これなんかどうでえ」

政吉が動いて身近にあった煙草盆《たばこぼん》を引き寄せ、手にして眺め入り、

「なかなかいいぞ、こいつぁ。古ぼけてるとこが値打ちもんに見えらあ」

「二束三文《にそくさんもん》だぜ、そいつぁ。先月火事場から拾ってきたんだ」

「そんなもんだろ、骨董市なんてよ。嘘八百はおめえの十八番《おはこ》じゃねえか」

からかい半分に政吉が言い、熊蔵は腐る。

お夏もそれを手にして、

「兄さん、これでいいわよ。紀伊国屋文左衛門《きのくにやぶんざえもん》が使っていたものだとかなんとか、大《おお》法螺《ぼら》で押し通しなさい」

「タハッ、悪い妹だねえ」

「それで直さん、おめえはどうする。市に出るのか」

捨三が直次郎に言った。

「そりゃ行くさ、おれが行かなくてどうするんでえ。お夏、おめえはどうする」

「あたしはやめとく。ねっ、兄さん、闇市に女はいないわよね」

「いねえ、いても変な目で見られるだけよ。よし、ここは直さんと二人ってことにしようぜ」

熊蔵が判断を下した。

岳全が考え込み、

「そこに榊原が来るかどうかであろう。来なかったら無駄足ということに」

えはずだ」

「来るさ、大黒様を持ってな。それを高値の闇の値で売って、榊原は大金を手にして

熊蔵の意見に、直次郎も同意で、

「おれもそう思うぜ。しかしその大黒様にゃ七人の人の血が流れてるんだ。榊原もなんとかしてえだろう」

すると政吉が口を入れて、

「それとなく榊原のことを聞いて廻ったら、あっちこっちの借金がべら棒の金高になっているらしい。いくらご直参の名家とはいっても、遊び過ぎて借金で首が廻らねえみてえだぜ」

「追い詰められてるのね」

これはお夏だ。

「今おれたちが知りてえのは大黒様の正体だよ。どんな曰《いわ》く因縁のあるものなのか、知る手立てはねえものかなあ」

直次郎の悩みには熊蔵が答えて、

「そいつぁおれに任しとけ。おれン所は確かに古狸屋だが、本当の骨董屋の古狸みてえな人が本所にいるんだ」

十四

闇市場の当日である。

薄暗くなり始めた小名木川《おなぎがわ》沿いの河岸を、東へ向かい、直次郎、お夏、熊蔵が歩いていた。

直次郎と熊蔵は羽織を着て威儀を正しているが、お夏は闇市場には行かないから普段着のままだ。

「わかったのか、熊蔵さん。大黒様の由来《ゆらい》だよ」

熊蔵は「わかったぜ」と言ってなぜか溜息をついて土手にしゃがみ込み、それにつられて直次郎とお夏も腰を下ろす。

暮れなずむ上空を蝙蝠《こうもり》が飛んでいる。

「いやあ、たまげたね。本所のご隠居が教えてくれたよ。大黒様はてえへんな代物だったのさ」

直次郎とお夏が聞き入る。

「元々は榊原のご先祖様がな、さるやんごとねえ御方から貰ったものなんだ。その御方ってのはなんとおめえ、家康《いえやす》様のご側室でよ、万千代《まんちよ》君のご生母下山《しもやま》様、その側近に月丘《つきおか》様という人がいて、大黒様はこの人が当時の榊原の奥方に下賜《かし》されたもんだったんだ。なんぞ世話をかけたかなんかしたお礼じゃねえのか。よくある話よ。そいつぁおめえ、御墨付《おすみつき》もあるから嘘じゃねえぜ。当然のことだが、榊原家じゃ大黒様を代々家宝としてお守りしてきた。それがある時賊に盗まれちまったのさ」

「わかった、それが牛若の五郎蔵なんだな」

直次郎が口を差し挟む。

熊蔵はうなずき、

「榊原家じゃてえへんな騒ぎンなったと思うぜ。ご先祖様のお宝をなくしたとあっちゃ申し訳が立たねえ。幕閣の連中に知れても榊原の立場は悪くなるだろう。家中挙げて五郎蔵を追い廻した揚句《あげく》に、ようやっと見つけてお屋敷に取り込んでよ、拷問にでもかけて白状させたんじゃねえのかな。それから用無しンなった五郎蔵を大川に投げ捨てたと、そういうあらましじゃねえかな」

「五郎蔵はそれをなんだって、わざわざ榊原の知行所である蕨宿の三蔵村に、埋めたのかしら」

お夏の問いには、直次郎が答える。

「まっ、存外そいつは追及するほどのわけはないかも知れんな。単に五郎蔵の思いきってこともある。隠し場所としてはいい思案だぞ。榊原の方にしても、まさかおのれの知行所にお宝が隠されたなんて、思いもよらんだろう」

「ふむ、それで五郎蔵の白状によって三蔵村を掘り返すことになった。でも問題はそこなのよ、たとえお家の秘密とはいえ、人足七人を皆殺しってのがよくないわ。絶対に許せない」

お夏は義憤に震える。

直次郎がそれを諫めて、

「いずれにしてもだ、おれは今宵榊原に天誅《てんちゅう》を加えるつもりだ。こいつは誰にも反対させせんぞ」

武士の眼光に戻って言った。

お夏も熊蔵も何も言わなかった。

十五

竜宝寺の本堂横の広座敷に、十人余の人影がひっそりと向き合って座していた。

座敷の真ん中に燭台《しょくだい》が立てられ、蠟燭《ろうそく》が盛んに燃えている。それはそこへ出て来て、品定めするためのもので、それ以外の人々が居並ぶ所は暗くしてある。たがいに顔を見られたくないからで、身分がわかっては困るからだ。

しかし如何《いか》に顔が見えず、誰しもが無言であっても、それらの人々はひとかどの連中らしく、さすがにずっしりと重々しい存在感を放っている。

上座に陣取っているのは茶人のような身装《みなり》の老人で、それが座長だ。武家とも町人ともつかず、しかし場馴れた風格があり、この老人が長年市場を仕切ってきたことがわかる。

末席に直次郎と熊蔵が、緊張の面持ちで座していた。

それまでは壺《つぼ》や掛軸《かけじく》、刀剣類が競《せ》りにかけられて進行していたが、やがて終わり近くになって老人が一方へ合図し、小者が金無垢の大黒様を大事そうに抱え持って現れ、座の真ん中に置いた。小者はすぐに消え去る。

静かなざわめきが起こり、視線が一斉に大黒様に注がれた。

老人が説明する。

「これなるは家康公ゆかりの逸品にて、金無垢は真正であり、どこにも疵はない。さるご大家からの出品であるも、盗品などではむろんなく、信用して頂きたい」—

老人の合図で、興味を抱いた何人かが席を立って燭台の下に集まり、譲り合いながらも大黒様の吟味《ぎんみ》を始めた。微かに溜息や驚嘆の声が漏れる。

「では、競りを行う」

老人が声を掛け、まずは「百両」から始まり、「二百両」「三百五十両」とつづき、一気に「五百両」と跳ね上がった。暫《しば》しの沈黙が流れ、突然「千両」の値がついた。

ざわめきを押し切るようにして、さらに「千百両」の声が飛ぶ。

老人の視線が上座近くに流れた。

そこにいたのは宗十郎頭巾の榊原で、老人から目で値を聞かれ、微かに首を横に振る。

「千百両では落着致しませぬ」

老人が榊原の意を受けて言う。

再び競りが再開され、「四千」「五千」の声が飛び、天井《てんじょう》知らずのような高値に座が緊迫した。

直次郎がひそかに熊蔵と視線を交わす。

老人が榊原に目をやるが、彼は首肯《しゅこう》せずに黙したままだ。

競りの声もそこで途切れたかに見えたが、さらに「八千」の声が飛んだ。

「八千両、如何かな」

別口が「一万両」の声を発した。

さすがにどよめきが起こる。

老人の視線に応え、榊原が今度は確《しか》と首肯した。

「金無垢の大黒様、一万両で落ちました」

庫裡《くり》で榊原が待っていると、競りには席を外していた白鳥がそっと入室して来た。

「驚きましたな、殿。一万両の高値はこの市《いち》始まって以来だそうです」

白鳥が囁くように言うと、榊原は冷笑し、

「わしは読んでいたぞ。家康公ゆかりの品だ。ほかのがらくたとは格が違うわ」

「はっ」

「主膳、わしは気が浮き立ってならぬ。これで金《かね》の亡者《もうじゃ》どもとは永遠に縁が切れる」

「それがしも嬉しうございます」

足音が聞こえ、障子に影が差した。

「金は幾ら待っても貰えねえぜ」

声があって、直次郎が入って来た。

榊原がすばやく動き、白鳥と共に抜刀する。

もうその時には、直次郎の長脇差の剣先が二人の首元に向けられていた。

「榊原主計頭、おめえは悪い奴だ、生かしちゃおけねえ」

「何奴《なにやつ》」

白鳥が叫んだ。

「どんなに悪いことをしてきたか、口にするのも汚《けが》らわしいや。地獄に堕《お》ちるしかねえんだよ、おめえは」

「黙れ」

榊原が立ち上がって白刃を閃かせた。

直次郎は応戦する。

白刃と白刃が激突し、火花が散った。

場所が入れ替わり、榊原が兇刃を振るったとたんに、「ううっ」と呻いた。それより速く、長脇差が榊原の腹を貫いたのだ。

「お、おのれい」

切歯《せつし》して怒号する榊原の脳天から、直次郎が一直線に斬り裂いた。顔面が二つに割れ、榊原は血汐《ちしお》を噴いて倒れ伏す。

それと同時に白鳥が襲いかかり、直次郎が返す刀でぶった斬った。

榊原と白鳥が絶命する。

もうその時には、直次郎の影は消え去っていた。

十六

榊原家の奥の院で、お吟は静かに読経していた。

風が出て来て、障子を不安に揺るがせる。

お吟は背後に気配を感じ、ハッとなって振り向いた。

どこから入ったのか、直次郎があぐらをかいて座している。

「誰じゃ」

すっくと立ち上がり、直次郎が名乗りを上げる。

「信濃国萩尾藩、結城直次郎」

「ええっ」

驚きの声を発し、お吟はまじまじと直次郎に見入った。

「おめえ、どうやらおれの名めえに聞き覚えがあるみてえだな」

お吟は懸命に動揺を鎮めながら、

「知らぬと申さば嘘になろう。信州へ遊山に出かけ、その帰路に萩尾藩の小陸なる者と知り合うた。その時、小陸殿の口からそこ元の名を」

「その小陸をどうして焼き殺した」

「そ、それは言えぬ。断じて言えぬ」

お吟の口調が乱れる。

「そうかい」

そう言っておき、直次郎はお吟を見据えると、

「おめえの主君はたった今落命したぜ」

「な、なんと」

お吟が蒼白になる。

「おれがこの手で成敗した。数々の悪行《あくぎょう》に幕を引かせたんだ」

さすがにお吟はうろたえ、両の手を震わせて、

「わらわはどうしたらよいのじゃ、何もしておらぬゆえ成敗はされませぬな」

「ふざけるな、榊原に輪をかけておめえは悪じゃねえか。今さら命乞いしても無駄だぞ」

「誤解じゃ、そこ元は誤解なされておられる。わらわの釈明を聞いて頂きたい。どうか、この通りです」

両手を突いて叩頭した。

「いらねえよ、おめえの言い訳なんざ。うめえこと丸め込むつもりだろうがそうはゆかねえぜ」

「女を斬るは刀のけがれですぞ」

「いいんだよ、おめえは女じゃねえ、妖怪だからな」

そこではったとお吟を睨み、

「もう一度聞く。なんだって小陸を焼き殺した。そのわけを教えろ」

お吟が口を噤《つぐ》む。

「言えねえのか、非はどっちにあるんだ」

「悪いのは小陸殿の方じゃ」

「そう言うだろうと思ったぜ。死人に口なしじゃねえか。おれが知りてえのは本当のことだ」

「………」

「小陸の死を惜しんで聞いてるんじゃねえ。あいつもおめえに負けず劣らずの悪だったからな」

「そうじゃ、小陸殿は悪い女であった」

「どういう風に悪いんでえ」

「わらわを愚弄《ぐろう》したのじゃ」

「なんだと」

「わらわが元は水茶屋女の娘と知るや、蔑《さげす》みの目で見おった。よく聞けば、小陸殿とてさしたる身分の出ではないのじゃ。そのような者に愚弄され、わらわは見境《みさかい》をなくした。この世から消し去るために油を放って焼き殺した。それのどこが悪い」

呆れると同時に、直次郎は目に怒りの朱を差し、

「小陸の仇討をするつもりなんざこれっぽっちもねえんだぜ。いいか、この先おめえを生かしておいても世に災いを及ぼすばかりだからな、死んで貰うぜ」

長脇差を抜くや、真正面からお吟の胸を刺した。

「あっ、無慈悲な……」

「おめえに手に掛けられた連中もみんなおなじことを言ってたろう。成仏してくんなよ」

十七

闇夜に黄金の花が散った。

盗っ人装束の直次郎とお夏が、屋根から屋根を跳びながら盗んだ小判をばら撒いているのだ。

その下方では貧しい者たちが、狂喜乱舞して競い合い、小判を拾っていた。皆が「黒猫だ」「有難や、黒猫様だ」と言っている。

御用提灯《ごようちょうちん》の群れが大挙して押し寄せ、「御用、御用」と二人に向かって吼《ほ》えまくる。

屋根を跳ぶうちにお夏が足を踏み外し、転げ落ちそうになった。すばやくお夏の手を取って救ったのは直次郎である。

「気をつけなよ」

「有難う、助かったわ。やっぱり持つべきものは相棒ね。うふっ、これからもよろしく」

「こちらこそ」

二人はにっこり見交わし合い、果てしのない闇に向かって疾走《しっそう》して行った。

時代小説

二見時代小説文庫

怪盗《かいとう》黒猫《くろねこ》1

著者　和久田《わくだ》正明《まさあき》

発行所　株式会社　二見書房
東京都千代田区神田三崎町二―一八―一一
電話　〇三―三五一五―二三一一［営業］
〇三―三五一五―二三一三［編集］
振替　〇〇一七〇―四―二六三九

印刷　株式会社　堀内印刷所
製本　株式会社　村上製本所

落丁・乱丁本はお取り替えいたします。
定価は、カバーに表示してあります。

 ISBN978-4-576-20079-8
https://www.futami.co.jp/

和久田正明

十手婆 文句あるかい

シリーズ

①火焔太鼓
②お狐奉公
③破れ傘

深川の木賃宿で宿の主や泊まり客が殺される惨劇が起こった。騒然とする奉行所だったが、目的も分からず下手人の目星もつかない。岡っ引きの駒蔵は見えない下手人を追うが、逆に殺されてしまう。女房のお鹿は息子二人と共に、亭主の敵でもある下手人をどこまでも追うが……。白髪丸髷に横櫛を挿す、江戸っ子婆お鹿の、意地と気風の弔い合戦！

藤木 桂

本丸 目付部屋 シリーズ

以下続刊

①本丸 目付部屋 権威に媚びぬ十人
②江戸城炎上
③老中の矜持
④遠国御用
⑤建白書
⑥新任目付

大名の行列と旗本の一行がお城近くで鉢合わせ、旗本方の中間がけがをしたのだが、手早い目付の差配で、事件は一件落着かと思われた。ところが、目付の出しゃばりととらえた大目付の、まだ年若い大名に対する逆恨みの仕打ちに目付筆頭の妹尾十左衛門は異を唱える。さらに大目付のいかがわしい秘密が見えてきて……。正義を貫く目付十人の清々しい活躍！

二見時代小説文庫

沖田正午
大江戸けったい長屋
シリーズ

以下続刊

①大江戸けったい長屋 ぬけ弁天の菊之助

上方大家の口癖が通り名の「けったい長屋」。お人好しで風変わりな連中が住むが、その筆頭が菊之助だ。元名門旗本の息子だが、弁天小僧に憧れる傾奇者で勘当の身。女物の長襦袢に派手な小袖を着て伝法な啖呵で無頼を気取るが困った人を見ると放っておけない。そんな菊之助に頼み事が……。菊之助、女形姿で人助け！　新シリーズ第1弾！